徐先生的五次人生

Five Life Times

徐毅 著

新世界出版社
NEW WORLD PRESS

图书在版编目（CIP）数据

徐先生的五次人生 / 徐毅著. -- 北京 : 新世界出版社，2019.6
 ISBN 978-7-5104-6775-2

Ⅰ．①徐… Ⅱ．①徐… Ⅲ．①长篇小说－中国－当代 Ⅳ．①I247.5

中国版本图书馆CIP数据核字(2019)第088617号

徐先生的五次人生

作　　者：	徐　毅
责任编辑：	黄　倩
责任印制：	王宝根
责任校对：	宣　慧
出版发行：	新世界出版社
社　　址：	北京西城区百万庄大街24号（100037）
发 行 部：	(010) 6899 5968　　(010) 6899 8705（传真）
总 编 室：	(010) 6899 5424　　(010) 6832 6679（传真）
	http://www.nwp.cn
	http://www.nwp.com.cn
版 权 部：	+8610 6899 6306
版权部电子信箱：	nwpcd@sina.com
印　　刷：	三河市骏杰印刷有限公司
经　　销：	新华书店
开　　本：	710mm×1000mm　1/16
字　　数：	150千字　印张：17
版　　次：	2019年6月第1版　2019年6月第1次印刷
书　　号：	ISBN 978-7-5104-6775-2
定　　价：	39.90元

版权所有，侵权必究

凡购本社图书，如有缺页、倒页、脱页等印装错误，可随时退换。
客服电话：（010）6899 8733

Contents ——— 目 录

1　徐先生的人生 / 002
2　起因 / 016
3　*Christmas Is All Around* / 023
4　迈克陈 / 029
5　游戏开始 / 040
6　小赵 / 088
7　父亲 / 124
8　大梅 / 158
9　我是一条狗 / 202
10　隐藏游戏 / 226
11　真爱至上 / 248
12　尾声 / 264
后　记 / 266

每种生物都是别人眼中的他她它，只是角度不同，人世间所有的矛盾，只需要换一个角度，便会迎刃而解。

1 徐先生的人生

徐天耀是上海一金领，什么叫金领？说简单点就是所谓的高级打工仔，拥有决定公司很多人和事"生死权力"的人。当然，单从字面上理解也知道所谓"金领"到底有多赚钱。

徐天耀在上海黄浦区拥有一套200平方米环形看江的房子，同时拥有一个大学时恋爱，然后顺利结婚生女的妻子，还有一个让人感觉麻烦叛逆但又可爱就读高三的女儿。

徐天耀拥有普通人梦想拥有的一切，不过凡事有得必有失，徐天耀拥有的这一切也是需要代价的。他每天经手的资金少则千万多则上亿。他在公司里的每个决定、每次决策，甚至每句话都决定了上亿财富的消失或者膨胀。

一个人的性格是天生的，但是为人处世的态度绝对是后天形成的，徐天耀对人之苛刻、说话之刻薄要不是因为他的收入够高，早就被人当面骂得狗血淋头。不过钱有时真是个好东西，至少可以让很多人表面上对你卑躬屈膝。

徐天耀的老婆叫大梅，不管你信不信，这个世界上真的会有人姓"大"。"大"这个姓氏是一个多民族多源流的古老姓氏，它稀有到没有排进中国百家姓的前五百强，甚至在台湾那个弹丸之地"大"这个姓也排到了第一千一百八十三位。不过姓"大"的女人好像都识得大体，大梅也不例外。

大梅绝对是个贤惠的女人，她拥有中国传统女人的几乎所有美德。大梅深爱着徐天耀，她也知道徐天耀深爱着自己，不然她也不会顶着三十多岁高龄产妇的"光环"冒险为徐天耀生二胎。

大梅的肚子现在大到走路都困难，虽然距离医生说的预产期还有近一个月，但大梅感觉自己的盆骨和耻骨已经轻微地开裂。"耻骨分离"在临产孕妇中属于普遍现象，所谓"耻骨分离"就是宝宝快出生之前，由于过重导致女人下半身的一些骨头因为承受不住压力而过分扩张，说得简单粗暴点就宛如有一张巨力无比的手每天二十四小时想将你的屁股撕裂，然后再在你的下体吊起一个几十斤重的铁球，是不是想想都感觉痛？没错，女人怀孕就是这样一件恐怖的事情。

徐天耀原本对大梅好得简直无微不至，之前住小房子的时候徐

徐先生的五次人生

天耀每次回家都会做一些大梅喜欢吃的菜式,每到周末他还会开着之前的二手车载着大梅去上海的周边郊游。但自从大女儿徐楚楚出生之后,大梅明显感觉到了徐天耀的变化,不过她也理解徐天耀的这种变化。因为一个没有背景、没有关系的男人想在上海这种地方打拼出一番事业,将会面对无数个各显其能而又不择手段的对手,所以徐天耀几乎将生命中所有的时间都放在了事业上,大梅也是能够理解的。不过一个临产的女人总是脆弱和需要男人呵护的,大梅也不例外。

徐天耀最近总说大梅变得矫情,这是大梅所不能接受的。

徐楚楚是徐天耀的女儿,今年就读于上海复旦附中高三。

复旦大学附属中学,大家看名字就知道多厉害了,但凡就读这所学校的学生进入复旦大学的可能性要比其他高中高出N倍。当初徐天耀为了让徐楚楚进入这所上海数一数二的名校也是花了一番心思的,他认为在上海没有钱不能解决的问题。

徐楚楚和普通高中生不同,她非常反感父亲有钱。因为在徐楚楚六岁之前,徐天耀几乎每天都会围绕在她身边哄她开心,哄妈妈开心,但自从徐楚楚上小学开始,她几乎很难在家里见到父亲,徐天耀每天不是应酬到深夜,就是醉到不省人事才回家。其实父亲有时在女儿的眼中就像一盏明灯,女儿时刻都会渴望父亲为其指明方向,给予温暖。但徐天耀这盏灯大多数时候不是没开就是电量不足。徐楚楚自打上小学开始，就感觉自己的世界有点灰。别说孩子，就算成人在没有灯的世界走路也会迷失。子女的叛逆无外乎两种原因：一是缺少父亲或母亲的关爱，二是父母关爱过头，徐楚楚属于前者。

其实徐楚楚有个爷爷，为什么说"其实"，那是因为徐楚楚一直以为自己爷爷"死"了。

徐天耀的父亲叫徐卫国，徐天耀和他爹的关系差到什么程度呢？就连徐天耀的老婆大梅也是无意中发现徐天耀他爹还健在的。那天大梅吃惊到下巴差点掉地上，一个自己认识了这么多年，而且还这么亲密的人，竟然蹦出个好像根本就没有存在过的爹。

徐天耀一直认为当年母亲的过世和自己差点没上成大学都是因为父亲。他甚至将自己人生中大大小小所有的不顺和挫折都归咎到了父亲身上。每次徐天耀遇到困难，能够最大激励他前进的动力竟然是对父亲的仇视。徐天耀发誓不想成为父亲那样的"孬种"。不过从某种意义上来说这种激励事件对徐天耀的帮助是莫大的，甚至可以说，徐天耀就是因为拥有了徐卫国这样的父亲，才取得了如今对于一个寒门子弟来说惊人的成就。

如果说上海是国内圣诞气氛最浓的城市相信没人会反对。每年圣诞节的前一个月,你就可以在上海的大街小巷见识到各种跟圣诞相关的装饰物和促销活动,甚至还会见到很多穿着圣诞老人服装的促销人员四处发传单和赠品。

不知不觉圣诞气氛已经弥漫到了上海市的每个角落,徐天耀家也不例外。早在圣诞之前的一周,徐楚楚就在家里开始装点了起来,甚至落地窗的角落徐楚楚都放上了一只迷你卡通驯鹿,更别说家里各种悬空的彩条和客厅中央两米多高的圣诞树。但问题是气氛已经被徐楚楚渲染出来了,但是家里人的圣诞气息,却是一丁点儿都没有。

徐天耀在昨天晚上也就是平安夜应酬了一个据说是索罗斯左膀右臂的老外。和那个金毛老外对拼了十几瓶路易十四之后,徐天耀总算是大概知道了欧洲股市未来的走向。虽然昨天半夜徐天耀在家里吐了一个多小时,但他觉得值得,只要知道了欧洲股市未来的走向,公司的那些基金债券投资什么的至少会有个保障。徐天耀也是有压力的,他感觉每天好像有几十杆枪顶着自己的脑门,任何一项投资失败都有可能扣响扳机。如果失败,自己就算不会被公司开除也会被客户暗杀,这就是徐天耀每时每刻的真实感受。

今天是圣诞节,但徐天耀依旧要工作,床头柜上的收音机闹钟已经显示到了早上的六点五十九分,距离徐天耀的休息时光只剩下了不到一分钟。疲惫至极的徐天耀翻了个身,睡梦中的他还幻想着自己至少还可以懒懒地待上几个小时,但他好像忘了自己夜里四点多才上的床。

收音机闹钟无情地跳向了七点整,主持人经过电脑处理的完美声线飘然而出。

"大家好,又到了一年一度的圣诞节,今天上海市最高气温10摄氏度,最低气温零下5摄氏度,东南风1到2级。告诉大家一个好消息,今天上海下雪的概率达到了百分之八十……"

徐天耀将脸埋在枕头里,他用手摸索着关掉了收音机。不过收音机刚刚消声,徐天耀就感觉到了手机的振动。他愤愤地将压在肚子下的手机拿到了耳边,手机里响起了秘书小赵的提醒声:"老大,今天上午十点的风投会您可别忘了。"

徐天耀眯眼看了看时间,冲着手机抱怨:"你有病啊?现在才七点!"

"不是您要我七点打电话提醒的吗?"小赵满腹的委屈。

徐天耀随手关上手机,将其扔到了檀香木的地板上。他翻身准备再睡十分钟就起床,但这时他才感觉自己的右手没有试探到老婆的存在,便强打精神眯眼向右看了看,大梅的确不在床上。就在徐天耀试图继续寻找大梅的踪迹时,他迷迷糊糊就看到一个挺着大肚子浓妆艳抹的女人龇牙咧嘴地冲着自己笑,徐天耀当即清醒。

"呵呵,天耀,我美不美?"大梅笑呵呵地问。

"我靠!大早上的装鬼吓人就是你不对了!"徐天耀几乎从床上一跃而起。

"什么叫装鬼吓人?我这是要去参加孕妈妈才艺大比拼!"大梅纠正着。

"你说你们这些大肚子成天为了点蝇头小利东奔西跑的,至于吗?"徐天耀早就对大梅这种成天借着孕妇的身份四处拿赠品的小市民心态深恶痛绝。

"什么叫蝇头小利?你可别小看这东一点西一点的赠品,楚楚小时候我拼了老命连续参加二十几个母婴展会拿回的赠品到现在都没用完!我就是因为有了这些成功经验,所以二宝的东西我决定不花钱了!"

徐天耀鄙视地看了看大梅,不明白大梅是怎么从一个人见人爱的美少女变成今天这种爱占小便宜的孕妇的。

"说正经的,待会儿你有空送我去会场吗?我现在走路已经很困难了。"大梅睁着化着浓妆的熊猫眼瞅着徐天耀。

"要不我给你报个化妆班吧?你这妆是找香港僵尸片学的吧?"徐天耀不忍直视大梅。

"我要你开车送我，别跟我扯些没用的！"大梅催促着。

"我今天是真没空，要不你自己打车去吧？现在手机叫车也方便。"

"你说我这跟死了老公有什么区别？你每天回家睡个觉就走人，怎么感觉这里跟妓院似的？"大梅抱怨着。

"能不能别说得这么难听？我这不是要赚钱吗？不赚钱怎么养家！"

"刚生楚楚那会儿你每天都抽空陪我，我现在多走两步都喘气，你就不能多陪陪我吗？"大梅生气道。

"生楚楚的时候我们住在上海郊区30平方米的房子里，现在你看看，这种望江两百多平的房子在上海有多少人住得起？"

"这不是钱的问题，我真的需要有人陪！"

"不就是生个二胎吗？瞧你这矫情的！怀楚楚那会儿你可不是这样的，至于吗？"徐天耀一边不屑地说，一边往卧室外走。

"要不你来试试？"大梅用手抱了抱自己的肚子。

"我也想啊，可没机会。"徐天耀加快了脚步，他不想再听大梅抱怨。

徐天耀在客厅那个十几平的卫生间漱口的时候，见到了老天爷派

徐先生的五次人生

下凡间对付自己的冤家女儿徐楚楚。徐楚楚当时正低着头玩着手机往洗手间走着，这原本是个普通的行为和动作，但就因为徐楚楚今天的造型，徐天耀吓得差点把漱口水吞下去。

徐楚楚今天要参加学校举办的圣诞Cosplay活动，所以特地在网上学做了一个"丧尸妆"。由于徐楚楚有美术基础，所以这个"丧尸妆"化得特别逼真，逼真到徐楚楚自己照镜子都害怕。

"你想吓死你爹啊！"徐天耀满嘴泡沫地抱怨着。

"做过亲子鉴定吗？你确定是我亲爹？"徐楚楚的每句话都可以把徐天耀活活气死。

"真是越来越无法无天了！你告诉我，昨天晚上几点回来的？每天都回么晚是不是不想在家住了？"徐天耀举着牙刷指着女儿质问。

"我要是说我勤工俭学才回来那么晚，你信吗？"徐楚楚瞪着丧尸眼反问。

"家里这么有钱你还勤工俭学？你当我是你妈，说什么都信？"近几年徐天耀从来就没让过女儿，他一直觉得父亲在女儿面前应该有所谓的威严。

"一大早上化个死人妆真是不吉利！"徐天耀继续说。

"我这是Cosplay！"徐楚楚继续反驳。

"你就不能Cosplay个雷锋、董存瑞什么的？实在不行Cosplay刘胡兰也行！一身正气，还是中国人的偶像。"

徐楚楚冲着爹翻了个白眼。

"我真的是对你很无语！"

徐楚楚转身准备走，徐天耀一把拉住女儿准备再教育几句，这时徐楚楚口袋里滑落出了一张男生的照片，她都还没反应过来怎么回事，徐天耀已经将照片捡起。

照片上是个和徐楚楚年纪相仿的男生，油头粉面的模样，看上去挺帅，但就是缺乏阳刚之气。

"这是谁？"徐天耀脑子里的报警系统开始闪光。

"要你管！"徐楚楚一把抢过照片转身准备走。这时不知何处竟然传来了一阵狗叫声，徐天耀以为是自己的错觉，家里严禁养宠物是自己定下的规矩，但狗叫声一直在持续，再加上徐楚楚脸上闪烁的不安更是让徐天耀疑心四起。

"什么声音？"徐天耀盯着女儿的眼睛问。

"没声音！"撒谎实在不是徐楚楚的专长，她的眼睛甚至往自己的卧室瞟了瞟。

徐天耀大步向着女儿的卧室走去。

徐天耀一推门就看到了一只脖子上挂着"杰瑞"字样的小狗软软地趴在女儿粉红色的小床上。杰瑞的腿上还绑着一条崭新的绷带，徐天耀一眼就看出这种绷带和女儿现在缠绕在脑门上的丧尸绷带没区别。

徐天耀二话没说抓起杰瑞的脖子就往外提，徐楚楚拦都拦不住。徐天耀将杰瑞一把扔出了门外。

"有多远滚多远！"徐天耀冲着狗狗喊。狗狗应该是受到了徐天耀的惊吓，吓得转头就跑。

"你还是不是人！"徐楚楚愤愤地追过来冲着父亲喊了一句。

"我怎么不是人了？"

"你有没有考虑过狗的感受？"

"我又不是它，我怎么可能考虑它的感受？"

徐楚楚见狗狗跑远，无力与徐天耀争辩，徐楚楚愤愤地一跺脚，快步追向小狗。

"你给我回来！你还真是反了！"徐天耀愤愤地回到客厅时，大梅正端着早餐从厨房出来。

"楚楚呢？我刚刚怎么听见了狗叫。"大梅问。

"追狗去了!"

"追什么?"大梅以为自己听错了。

徐天耀瞅了瞅大梅,一肚子对女儿的怒气转向了大梅。

"我说你到底管不管女儿?我刚刚看到她口袋里有张男生的照片!"

"冲我喊个什么,女儿都高三了,对男生感兴趣很正常吧?"大梅嘴里虽是向着女儿,但这事大梅比徐天耀还担心。

"都是你惯的!等哪天你提前抱孙子就知道了!"

"哎,你怎么说话的?我抱孙子不是你抱孙子啊?"大梅努力压制着心里的怒气,"今天什么日子你还记得吗?"大梅顺势问了一句。

"圣诞节!满大街的圣诞老人,鬼都知道!"徐天耀鄙视地撇了撇嘴,他一直认为所谓的圣诞节就是资本主义国家编造出来一刺激经济消费的骗局。

"看来你是真忘了!"大梅满脸的失望。

"忘什么?"徐天耀不解地问。

"今天是我生日!"大梅提高了嗓门。

徐天耀愣了愣,他是真忘得一干二净。

"你瞧我这记性。"徐天耀轻轻拍了拍自己的脑门。

"结婚之前你可记得比我还清楚！"

"那个时候全身心投入到谈恋爱中，但是现在，我所有心思都在事业上。"徐天耀找理由。

"我今天就一个心愿，想吃你做的菜。"大梅提出了自己的要求。

"我做的菜有什么好吃的？"徐天耀不解地问。

"这不是好不好吃的问题，怀楚楚那会儿你天天做饭给我吃，这是你在不在意我的问题！"

徐天耀看了看老婆，本想反驳，但一想自己的确有些过了，便缓和着说："好好好，只要我今天能够按时下班，晚饭我包了。"

"你哪天按时下班过？"

"反正我尽力。"

"还有，记得给你爸回个电话，他老跟我说你手机打不通。"大梅冷不丁来了句徐天耀最不想听的，对于"爸"这个麻烦的角色，徐天耀好像一辈子都在逃避。

"不是打不通，是我根本就没想接他的电话！"一听到父亲的消息徐天耀一肚子怒火又上来了。

"事情都过去多少年了，他好歹是你爸。"自打大梅第一次听说徐天耀的爹还活着，就一直试图缓和他们父子俩的关系，但多年以来这种努力取得的成果几乎没有。

"我跟你说，当年要不是他，我妈也不会那么早过世，还有就是因为他我差点连大学都没上成！我这辈子最鄙视的人就是他！他简直就是我人生的负面榜样！"

徐天耀平时由于工作的关系大部分时间都需要理性地面对，但每次提到自己的父亲，他就会变得很狂躁。人就是这样，往往越亲近的人越容易受到伤害。

"你就不能站在你爸的角度考虑考虑问题？"

"我永远不可能成为他那个样子，所以不可能站在他的角度考虑问题！"

"就算给我个面子，你爸再给你打电话你一定要接！"大梅几乎是哀求地看着徐天耀，徐天耀看着老婆没出声，他知道只要自己反驳大梅就会不停地理论，徐天耀看了看老婆的大肚子，他选择了暂时闭嘴。

2　起因

徐天耀所在的公司叫"顶天金融",顶天金融就位于上海陆家嘴CBD最著名的金茂大厦之上。徐天耀的家距离公司驱车只有大约三十分钟的路程,但这段路好似每时每刻都在堵车。

徐天耀从车窗边伸出头朝前看了看,一眼望不到尽头,堵车是最浪费生命的几件事之一,徐天耀曾经考虑过每天坐地铁上班,但一想到自己每天西装笔挺地和几千万人抢占地铁,就让他感到害怕。想想他还是觉得每天待在自己的奔驰里最为妥当,这样既可以与普通人拉开距离,又可以彰显自己的尊贵。

徐天耀从顶天金融的普通实习生爬到CEO的位置整整用了十五年的时间。这十五年的心酸只有徐天耀和大梅知道,打工路上的绝望、幻灭、无助和疯狂也只有亲历过的人才会理解。

徐天耀现在的职位是CEO。其实说白了CEO也只是个打工的,进入公司董事会才是徐天耀最终的理想。

就在徐天耀胡思乱想的时候，他的手机再次响起，手机来电显示"没用的爹"，这已经是徐天耀今天离家后他爹的第五通来电了。徐天耀想了想大梅，极不情愿地按下了免提接听。

"有事快说！"徐天耀对待父亲一直都是这种语气。

"天耀啊，你怎么给我租了个八楼的房子？"电话那头传来了徐天耀父亲苍老的声音。

"你还想住哪里？"徐天耀不耐烦地反问。

"但是，八楼没有电梯啊！"父亲继续着。

"你七十都没到，就当是锻炼身体吧！现在办张健身卡都要几千块！"徐天耀竟然觉得自己说得很有道理。

"我一直有风湿，你又不是不知道。"父亲辩解着。

"你自己年轻的时候不爱惜身体，现在知道麻烦了？我跟你说，就你那么点钱，要不是大梅逼着我良心发现帮你，你连八楼都租不起！"徐天耀显得微微有些激动，父亲和女儿是为数不多可以让徐天耀感觉激动的人。

"你怎么还在生我的气？事情都过去这么多年了……"

"喂？喂？怎么没信号？……"徐天耀快速挂了手机，因为他看

徐先生的五次人生

到前面的车通了。

父亲再来电话的时候徐天耀将其来电单独设置成了静音。

徐天耀能够成为顶天金融的CEO不是没有原因的，多年的职业生涯让他对金融市场有着宛如猎犬一般的洞察力。他极少在工作上犯错，他负责的基金和理财产品是整个行业里回报率最高的，这也是董事会非常器重他的原因之一。

等徐天耀一踏入顶天金融的大门就被几个工作人员簇拥了起来。

"今天港股开盘升了60个点。"

"全部抛掉，索罗斯马上要阻击香港股市。"昨天晚上和老外的酒徐天耀没白喝。

"长青集团开盘跌停。"

"全盘买进，明天长青集团会宣布重组。"

"老大，十点的风投会，车已经在下面了。"迎面走来的是徐天耀的私人秘书小赵。小赵已经跟了徐天耀三年，徐天耀基本每天把小赵当狗使唤。

徐天耀看出小赵欲言又止的样子，追问："然后呢？"

小赵左右看了看，微微尴尬地说："我奶奶十分钟之前脑溢血住院了，我需要请一天的假。"

"你知道今天什么日子吗？你奶奶的病重要还是公司的利益重要？你一个农村出来的小伙子，能在上海混成今天这样，需要多大努力？难道你想因为请个假就归零？"徐天耀非常直接地威胁小赵。

小赵沉默了。大学毕业之后，小赵进入了顶天金融实习，说真的他一直都将徐天耀视为自己的偶像。同样徐天耀也从小赵的身上看到了自己过去的影子，所以徐天耀抛开一切妖艳贱货将小赵钦点为自己的秘书。

能够在CEO身边做秘书，这本是件应该高兴的事，但徐天耀那种处处刁难人、事事只为自己着想的性格着实让小赵每天都如坐针毡。徐天耀每天在公司除了拉屎不要小赵擦屁股，基本上大大小小的事都要小赵去处理。小赵虽然年轻，但常常也会被徐天耀刁难得力不从心。

见小赵一直沉默，徐天耀没有再看他，继续往前走着，众人屁颠屁颠地跟上。

从进入公司到到达自己办公室门口，徐天耀已经处理完了十几件公务，他的办事效率的确对得起CEO这个职位。

刚刚走到门口，徐天耀就看到了自己的老板陆沪生。二十年前，陆沪生和几个地道的老上海人创办了这家顶天金融。他周身都散发着正宗上海人才会有的精明和圆滑，平日里也是一副老上海绅士的打扮，西装衬衣马甲外配小领带。

陆沪生一见到徐天耀就冲着他笑了笑。这一笑，徐天耀就知道自己又帮公司赚钱了。

"我就是喜欢你的办事风格，公司利益永远排在第一，其他人的死活完全不关我们的事！小赵跟了你三年，你真是一点儿情面都不留，你现在告诉我，什么最重要？"

"当然是帮公司赚钱最重要！"徐天耀斩钉截铁地说。

陆沪生高兴地拍了拍徐天耀的肩膀。

"董事会没看错你！上个月你又帮公司赚了五千万，整个公司风投这块你的眼光最准。我和董事会商量过了，最迟过年之后就让你进董事会！"

"谢谢老板！"徐天耀的欣喜几乎溢于言表，进入董事会一直都是他的梦想。

"对了，今晚有件事你一定要办了。"

"今晚？"徐天耀回想起了大梅的生日要求，自己为老婆做几个小菜本不是什么难事，但现在的他真有些身不由己。

"我们公司现在是亚洲最大的金融投资有限公司，风投这块你是最拿手的,今天晚上有个人你必须见见。"陆沪生眼里充满对徐天耀的期望。

"一定要今天晚上吗?"徐天耀表现出了为难。

"你有事吗?"陆沪生看着徐天耀的眼睛。

徐天耀本想说有事,但看了看老板,又将话憋回去了。人就是这样,不论你觉得自己的气场有多强大,总会遇见气场比你更犀利的人。

"没,没事。"徐天耀违心地说了一句。

"很好!有一家公司,全世界的风投都在追,经过我们各方面综合分析,这家公司的回报率达到了百分之一万。"

"百分之一万?怎么可能有这种公司存在?"徐天耀深知金融界游戏规则,如果年回报率超过百分之十五基本就属于庞氏骗局。

"所以公司需要你亲自去见见那个人。今天晚上你要见的那个人叫迈克陈,智商达到了230,同时他也是国际象棋顶级大师,加州理工大学物理学和生物学博士。他十一岁就获得了国际奥林匹克物理学奖,最夸张的是今年他竟然获得了两项诺贝尔提名。"陆沪生为徐天耀做着简单的介绍。

"真有这么牛的人?"徐天耀见过的牛人不计其数,但牛到陆沪生说的这种程度，简直是凤毛麟角。

"今天晚上十点，虹桥机场，他会乘坐上海飞往法国的CA1886次航班。这个消息可是公司花了大价钱买来的，你能不能进董事会就看今晚了。"

3　Christmas Is All Around

　　早上十点的风投会是在静安区延安中路的上海展览馆举行的。这次风投会一共有大小四十八家公司参加，其中风投公司不到五家，其余全是前来碰运气的初创公司。

　　自打风投的概念在中国形成以来，所有怀揣一夜暴富梦想的人都在找凯子和冤大头。现在的世道不论是阿猫阿狗，在家随便做出个什么东西，就幻想自己未来会成为乔布斯或者比尔·盖茨。

　　这次的风投大会，徐天耀全程板着脸，硬是一家公司都没投。徐天耀的谨慎同时也为自己带来了麻烦。风投大会刚刚结束他便接到了老板打来的电话质问。

　　"天耀，那么多公司你怎么一家没投？"

　　"老板，那些公司的产品市场饱和全部过度，然后同质化太严重了，没有一家具有核心自主技术，全部都是改造或者剽窃。老板，我想你也知道有的时候不亏钱也许就是赚钱。"徐天耀对老板这样解释，虽然说得有道理，但老板的语气还是透露着失望。

"天耀，我们是天使投资人！天使的意思你懂的，就是送他们上天堂！我们不用管那家公司未来会怎么发展，我们只做短期投资，养肥了就卖掉，后面就不关我们的事了。"

"但是……"徐天耀想继续解释，但被陆沪生打断。

"今天晚上的谈判你可别再这样了，虽然我也是董事会的人，但我也会感到为难。"

徐天耀大概沉默了三秒钟，他感觉自己的职业性受到了老板的侮辱，但没办法，人在屋檐下哪有不低头。

"知道了老板，您放心。"

挂上电话徐天耀深深叹了口气，他看了看手表，已是晚上七点。

不出徐天耀所料，圣诞节的上海街头到处都人满为患，就算是满大街的圣诞音乐也无法缓解徐天耀此刻紧张的心情。他的紧张来自于堵车，这车要是堵到那个什么迈克陈飞走了还没疏通可就真麻烦了！

车里的导航一直响着，显示距离虹桥机场还有十五公里。问题是徐天耀刚刚起步的地方距离虹桥机场也才二十公里不到，一个多小时徐天耀的车才开了几公里。

大梅的电话正如徐天耀预料般地打来了。与此同时，大片的雪花落到了徐天耀的车上，车外的路人纷纷发出了欢呼声，圣诞节这天人人都爱雪。

"大梅？"徐天耀可没心情欣赏雪花，直接开启了雨刷。

"天耀，几点到家？"大梅问。

"可能要晚点，我现在要去虹桥机场见个客户。"徐天耀解释。

"客户什么时候都可以见，你老婆生日一年可就一次。"大梅不爽地说。

"这个客户关系到我能不能进入董事会，你应该知道进董事会一直都是我的心愿。"

"那我的心愿你知道吗？"大梅反问。

徐天耀沉默了一会儿，他将车又挪动了大概半米。

"你一天到晚地说未来，我们娘仨跟你的未来就没关系了？"大梅带气地追问。

徐天耀原本就被堵车躁得有点路怒症，一听大梅这句明显带有威胁的话立刻就烦了。

"至于吗，不就是怀个孕吗？用不用脾气这么大？"

大梅那边直接挂了电话，不过很快大梅再次来电，徐天耀没好气地接听。

"这么点破事还挂我电话？"

手机那头竟然传来了徐楚楚的声音。

"刚刚我和妈商量过了，决定暂时和你断绝外交关系。"徐楚楚义正词严地说。

"你就别在这里瞎掺和了，你爹正烦呢！"徐天耀没好气地看了看手机。

电话那头的徐楚楚肆无忌惮地继续说："如果你在八点之前到家还有再次建交的希望，如果过了八点……"

电话突然断了，徐天耀拿起手机看了看，没电了。他在车里摸索出了一根充电线再次开机。

手机刚刚进入寻找信号的界面铃声就再次响起，徐天耀看都没看来电就接通了。

"刚刚手机没电了，我说你们俩就别矫情了，我每天忙得跟狗似的……"

"请问是徐天耀先生吗？"手机那头传来了一个陌生的声音。

徐天耀这才看了看来电号码，是个陌生来电。

"哪位？"

"我们这里是上海市第一人民医院,徐卫国是你父亲吧?"

"怎么了?"徐天耀警觉道,这种敲诈勒索诈骗电话上海多了去了。

"你父亲几个小时之前从楼梯上摔下来了,希望你可以尽快赶过来。"

"他死了没?"徐天耀冷酷无情地问。

"只是一般性骨折,休息一段时间应该就没事了。"

"那你打电话给我干吗?"徐天耀好像不解地问。

"是这样的,你父亲的医药费共计五千八百元,希望你可以来交纳一下。"电话那头总算是说明了来电的意思。

"我跟你说,他有钱就交!没钱就住你们那儿!"徐天耀愤愤地挂上了电话,随后他顺势打开了车载收音机,努力让自己冷静下来。大梅的压力、父亲的压力、公司的压力,让徐天耀感觉自己每次呼吸都困难。

收音机里主持人的声音总算给了徐天耀片刻的安宁。

"由于圣诞节出行车辆较多,南京西路至虹桥机场方向出现拥堵,请大家绕道或者改乘地铁,为了缓解大家拥堵的紧张情绪特别为大家送上一首应景的圣诞歌曲,来自电影《真爱至上》的主题曲

《*Christmas Is All Around*》，再次祝大家圣诞愉快……"

收音机里的音乐一响起，徐天耀就不自觉地将后脑勺靠在了真皮座椅上，他从未感觉自己如此疲倦过。他眯着眼睛看了看前面的车，这种情况没有半个小时不可能缓解，他索性闭上了眼睛，尽量让自己放松。对于现在的徐天耀来说，哪怕是片刻的休息也是奢侈的。

4　迈克陈

上海虹桥机场始建于1907年,前后经历过数次扩建。虹桥机场距离上海市中心仅13公里,如果不堵车,驱车前往也是非常方便的。

徐天耀赶到虹桥机场的时候,整座机场已经被白雪覆盖,薄薄的雪花轻柔地覆盖在了机场外露的每个角落,再配上机场特意为圣诞准备的各种装饰和背景音乐,显得特别应景。

徐天耀在机场里一阵小跑,很快他就从工作人员口中得知了国际航班VIP室的位置。不过当徐天耀进入VIP候机大厅时,竟然一个人也没看到。

正当徐天耀感到纳闷的时候,忽然听到某处传来一阵游戏机的声响。寻着声音,徐天耀看到VIP室角落的沙发背后一个小男孩正坐在地毯上玩游戏。男孩玩的游戏徐天耀在女儿的手机上也见过,那是一款现在非常流行的网络对战游戏。小男孩好像玩得很投入,就连徐天耀一直站在他的身后好似也没察觉。

"小朋友,这里的人都去哪儿了?"徐天耀好奇地问了一句。

小男孩应该是听到了徐天耀的问话,但他并未抬头。

"今晚有大雪预警,很多航班都取消了。"说完小男孩继续奋战着。

"取消了?"徐天耀正自言自语着,一位地勤人员总算出现在了他面前。

徐天耀拦住看上去非常甜美的地勤小姐问:"请问上海飞往法国的CA1886航班取消了吗?"

"没有取消,只是延误了。"地勤小姐摇了摇头。

"那请问有没有一位叫迈克陈的先生在这里候机?"徐天耀非常担心见不到这个关系到自己前途的迈克陈。

地勤小姐微微愣了愣,然后指了指地上的小男孩。

"这位就是迈克陈先生。"

徐天耀脸上明显流露出了意外的表情。

"请问还有什么需要帮助的吗?"地勤小姐又问。

"没有了,谢谢。"

徐天耀看了看依旧坐在地毯上玩游戏的迈克陈,这就是一个不过十五六岁的男孩，身上穿着普通的运动套装，踩着一双普通耐克球鞋。徐天耀甚至在他裤子的膝盖上发现了一个破洞，这孩子难道就是老板口里说的所有风投都疯狂追逐的未来科技领袖？不可能吧！

"你……就是迈克陈？"徐天耀想要当事人自己确认。

"没错，你是哪位？"迈克陈依旧没有抬头。

"你多大？"徐天耀好奇地问。

"Yes！"迈克陈激动地一跃而起，看样子这局他应该是赢了。这时徐天耀才看到了迈克陈的正面。他感觉这孩子要是扔到人群里绝对属于那种自动隐形的。

"我还有一周就满十六了。"迈克陈将手机接上了充电宝。

"你就是'超现实科技公司'的CEO？"徐天耀感觉自己就像是在做梦，如果老板估计得没错，自己面前这个孩子不出一两年就会是世界首富，但徐天耀怎么看他都感觉跟满大街的小屁孩没区别。

"没错，就是我，你还没告诉我你是谁？"迈克陈眨着看上去单纯而又幼稚的眼睛问。

"我是顶天金融的CEO徐天耀。"徐天耀本能地准备掏出名片，但他想了想，准备掏名片的手又放下了，他决定先搞清楚状况再说。

迈克陈懒懒地坐到了一旁的沙发上，非常不礼貌地将双腿搭在了一旁的茶几上，这种任性的自我存在感徐天耀在女儿的很多同学身上见过。

徐天耀左右看了看，拖了一把椅子坐到了迈克陈的面前。

"对不起，可能有件事我们老板误会了，你们公司到底是做什么的？"徐天耀追问着。

迈克陈歪着脑袋看了看徐天耀。

"看你的样子是在怀疑我们公司的实力？"

"你现在十六岁都没有，我的怀疑很正常。"徐天耀非常认真地说。

"首先我没空跟你解释我们公司是做什么的，如果你连我们公司做什么都不知道，你就是在浪费大家的时间；其次不管你们公司多有钱，想投我们公司都是不可能的，最多只能投资我们公司的某种产品而已，这个还要看我的心情。"迈克陈不屑地伸了伸懒腰，他好像完全无视徐天耀的存在。

"我见过无数的科技公司创始人，每次那些人都低三下四地求我投资，很少有你这么嚣张的。"徐天耀感觉自己也不用浪费时间了。

"你见过我们公司的产品没有？"迈克陈斜着脑袋看了看徐天耀。

"还真没有，说句实话，要不是老板跟我说你们公司多有实力，我感觉你就是个乳臭未干的小屁孩。"徐天耀早就对迈克陈的态度容忍到了极限。

迈克陈忽然对着徐天耀笑了笑，随后从自己的背包里拿出一副炫酷的眼镜，镜架是银白色金属，镜片黑亮反光，支架上还有一个微小红色按钮，看上去像充满了后现代感的时尚眼镜。

"这个东西就是无数风投抢破脑袋争投我们公司的原因。"迈克陈将手里的眼镜晃了晃。

"我还当是什么了不起的玩意儿，这不就是一个普通的VR眼镜吗？这种东西全世界至少有几千家公司在做，现在谁要是再投这个简直就是傻叉。"徐天耀说的是实话，在他的风投生涯中至少见过五六十家公司争做VR产品，不过最后全都死翘翘。

"这不是VR眼镜。"迈克陈纠正。

"难道是墨镜吗？我很欣赏你的幽默感。"徐天耀鄙视地笑了笑。

迈克陈总算是坐正了姿势，他好像非常认真地想跟徐天耀解释，小孩子好强的一些特性在他身上展露无遗。

"这个东西叫超现实贴纸游戏。"

徐先生的五次人生

"贴纸游戏？"徐天耀满脸的问号，不过他很好奇面前这个黄毛小子会怎么吹嘘自己的产品。

"贴纸游戏就是……"迈克陈好似准备解释，但他眼珠子转了转，"……简单点跟你说吧，凡是试玩过'贴纸游戏'的风投都会明白为什么评估机构会说我们公司未来几年的市值将会超过世界五百强的总和。"

徐天耀忍不住笑出声来。

"呵呵……"徐天耀想忍但实在忍不住，"……对不起，说真的，会吹牛的人我见过不少，但是吹成你这样的，我还是第一次见到。世界五百强市值总和？呵呵……"徐天耀捂了捂自己的肚子，"……真是太好笑了！对不起，一定是我老板搞错了，小朋友，不耽误你打游戏了。"

徐天耀起身就往外走，他觉得一晚上工夫全让错误信息耽误了。

徐天耀刚刚走到VIP室的门口就听见后面传来了声音："你有一个马上要生产的老婆叫大梅，还有个读高中很叛逆的女儿徐楚楚，你对你的父亲徐卫国恨之入骨，你对你的男秘书小赵极为苛刻。"

徐天耀转身仇视地看了看迈克陈，随后愤怒地迈着大步紧逼到了迈克陈的面前，并一把抓起了迈克陈的领口质问："这些你听谁说的？"

迈克陈毫无畏惧地晃了晃自己的手机。

"我们公司拥有全世界最大的云端数据库，只要这个世界上还有气会活动的物种我们都可以找到相关数据。"

"你知不知道这是个人隐私！"徐天耀将迈克陈的领口抓得更紧了。

"现在是数据时代，任何人的信息都是公开透明的，就算你藏得再深也是没用的。你和周围的人关系有多差你自己知道吗？"迈克陈笑着问。

"我和别人关系怎么样关你屁事！"徐天耀一把推开了迈克陈。

迈克陈竟然顺势倒在沙发上，但依旧懒洋洋地微笑着看着徐天耀。他轻轻地举起那副看上去炫酷拽的眼镜问："你信不信只要玩一局我们的'贴纸游戏'，就可以彻底改变你和家人朋友的关系？"

"我信你猪都会上天！"

"2015年，美国拉斯维加斯的一次赌局里，有个叫詹姆斯的人用20架无人机已经让猪上天了。"

"你是不是脑子坏了？"

"试试你又不损失什么，如果你觉得OK，我会让你们公司优先投资；如果你连试试的胆子都没有，那OK，你走吧，反正我们这辈

徐先生的五次人生

子也不会再见面了。"

徐天耀感觉自己多少年都没对一个陌生人产生过这么大的怨气，再加上之前的一些压力，徐天耀显得微微有些激动。他一把拿过了迈克陈手里的眼镜。

"要是我感觉这玩意儿是骗经费的，待会儿看我不收拾你！"

"我又不是你，怎么可能知道你的感受？"迈克陈忽然冒了一句徐天耀常说的话，"怎么样？是不是听起来很耳熟？"

"又是云端的数据？"

迈克陈笑了笑，没反驳，徐天耀顺势将眼镜戴在了鼻梁上。

几秒钟过去了，徐天耀感觉这副眼镜除了佩戴舒适度很不错之外好像和普通墨镜没啥区别。这不就是个普通眼镜嘛，这小子玩笑开大了！

就在徐天耀感觉自己被耍的时候，他就看到迈克陈伸出自己瘦长的手将自己眼镜边上的红色按钮按了一下，随后徐天耀就感觉脑子好似被轻微地电击到了，瞬间整个世界都变成了黑幕。

等到徐天耀再次看见东西的时候，他发现自己来到了一个纯色的虚拟界面，徐天耀周围的一切都由一望无际的浅灰色组成，随后徐天耀听见了一个非常动听温柔的女声。

"欢迎来到'贴纸游戏'的世界"。

这时徐天耀才看了看自己的身体，不知道什么时候已经换了身衣服。

就在徐天耀完全搞不清楚状况的时候，空中忽然飞来了五张类似于即时贴的东西。那五张即时贴就那样飘浮在空中，每张即时贴都背面对着自己。徐天耀隐隐地看到即时贴的前面应该是写着什么东西。这时那个动听的女声再次响起。

"'贴纸游戏'规则很简单，系统会根据您在云端数据库里的信息随机发送五张贴纸。每张贴纸的上面都会有一位您认识的人，您会随机变成其中一位然后完成某项任务，任务完成即可进入下一关。"

"这什么破玩意儿，赶紧放我出去！不然我报警了！"徐天耀非常愤怒地冲着虚拟界面喊了一嗓子，不过很可惜，没人理他，随后徐天耀试图取下眼镜，但眼镜去了哪儿？没人知道。

这时徐天耀面前的五张贴纸呈现出了一种洗牌的模式，五张贴纸无序地不停排列着。当排列停下的时候，其中一张猛地飞到了徐天耀的胸口，他低头看了看贴纸上的字"徐楚楚"，他试图将贴纸拿下，但贴纸就好似有相无形似的，只看得见却摸不着。

"游戏开始，祝您玩得愉快。"

余先生的
五次人生

5　游戏开始

大概3秒左右的时间，徐天耀感觉自己宛如进行了一次时空跳跃。在一阵五颜六色流光溢彩的变化之后，徐天耀发现自己竟然已经站在了女儿学校的门口。

复旦中学的大铁门和红色的墙砖就这么真实立体地竖立在自己的面前，徐天耀低头看了看自己，差点叫出声来，自己的整个身体怎么变成了女儿的样子？他又摸了摸自己的脸，就算不照镜子他也知道自己已经变成了女儿的模样！这时，徐天耀发现自己的右手上还多了块LED电子表。电子表的上面有一个二十四小时倒计时的显示。

"任务，朋友圈单条信息集齐100个赞，如果二十四小时内任务未完成本轮游戏将重新开始。"空中再次传来了那个温柔的女声。

"我靠！"徐天耀一张嘴，竟然听见了女儿的声音，"怎么可能这么真实，我一定是在做梦！"

"徐楚楚"捏了捏自己的脸，又动了动自己的手脚，如果是虚拟世界怎么可能如此真实？自己以前不知道体验过多少欺骗风投的VR设备，但和现在这种完完全全的"真实"比较起来，简直就是天与地的区别！

这时有人在背后轻拍了一下"徐楚楚"的肩膀，"徐楚楚"吓得差点原地蹦起。

"徐楚楚"回头就看到了同学小丽，小丽之前来家里玩过，所以徐天耀认识。

"楚楚，还傻站着干吗？快迟到了。"小丽好心地提醒着。

太好了，不管是谁总算是遇到熟人了！

"小丽，我不是徐楚楚！我是徐楚楚的爸爸徐天耀，我们见过的……"

这句话还没说完，忽然之间周围的景色再次发生了变化，一切就好像在现实中重启了一样。"徐楚楚"发现自己又回到了刚刚出现在校门口的时刻，电子表上的二十四小时重新倒计时开始。

"身份暴露，游戏重启。"空中传来的温柔女声提醒着。

"我靠！"徐楚楚话音未落，背后的小丽再次拍了拍她的肩膀，这次"徐楚楚"更直接了。

徐先生的五次人生

"小丽，我是楚楚他爸！救命！"

"徐楚楚"重启了十一次，每次系统女声都会提醒徐天耀游戏规则。徐天耀不停地反抗着，不过最终他还是学乖了。

在小丽第十二次拍打"徐楚楚"肩膀的时候，他总算是呆若木鸡地跟着小丽进入了校园。

女儿的家长会徐天耀一次都没参加过，所以严格意义上来说这是徐天耀第二次进入女儿的学校。他机警地四处张望着，感觉自己的心好像提到了嗓子眼，他清楚地意识到现在这种情况根本就不是VR眼镜那么简单！一切的一切，不论是触感、温度、湿度，周围的一切就是真实存在的！这哪里是游戏！这根本就是现实！

"徐楚楚"努力调节着自己的心绪，虽然他内心觉得这个游戏简直就是可笑到没边了，但现在庄家是别人，自己只有走一步看一步。

"徐楚楚"在上了一堂自己完全听不懂的化学课之后，一个人偷偷溜向走廊掏出女儿的手机翻看，他发现微信里总共才50个好友，怎么可能集齐100个赞？他看了看手表，时间已在不知不觉中流逝了两个多小时。

这时上课铃响起，"徐楚楚"低着头准备回教室，谁知迎面撞到了一个人，是一个抱着教案的瘦高个男教师。男教师看了看"徐楚楚"手里的手机,脸一黑。

"跟你说过多少次了,学校不许带手机!"男教师一把拿过"徐楚楚"的手机,"手机我暂时没收了,要你父母来拿!"

"老师!""徐楚楚"一把拦住了老师的去路,"能不能商量商量,你开个价,都好说!"

"徐楚楚"被老师揪着耳朵走进了办公室,这时他才知道这男的竟然是班主任陈老师。陈老师在办公室至少教育了"徐楚楚"有半个多小时,从上下五千年讲到宇宙的结构,再到礼义廉耻,再到社会主义核心价值观。好几次陈老师的唾沫都飞到了"徐楚楚"的脸上,之后他顶着满脸陈老师的唾沫手举水桶站在了走廊里。

徐楚楚就这么傻傻地举着水桶站在教室走廊里,一些也不知道是真实还是虚拟的同学,一个个经过并投来了赞许的目光。

在众多的学生里"徐楚楚"非常意外地见到了迈克陈!迈克陈站在学生堆里简直就是开启了隐形模式。

"见到我很意外吧?"迈克陈走到了"徐楚楚"的面前。

"快让我出去!""徐楚楚"冲着迈克陈喊。

"这个游戏会和你的神经系统相连接,所以你在这里的一切感觉都是真实的。"迈克陈解释着。

"任何游戏都有中途退出机制,我现在不想玩了!""徐楚楚"大声地提出自己的诉求。

"对不起,这个游戏现在还是1.0测试版本,需要完全通关才能回到现实。"

"算我输了,我投你们公司还不行吗?""徐楚楚"几乎是哀求地说,这时"徐楚楚"身后传来了小丽的声音。

"楚楚,你怎么还在这儿?"

"我们打工快迟到了!"

"小丽,这个人可以证明我不是……"

"徐楚楚"一回头,迈克陈竟然消失了。

小丽一把拿下"徐楚楚"头顶的水桶。

"班主任都下班了,你还顶个水桶干吗?赶紧跟我走!"

这是一家位于淮海路的中型西式快餐厅,"徐楚楚"都不明白自己怎么就换上了服务员的衣服,傻傻地站在收银台的旁边,注视着满餐厅的食客们狼吞虎咽。他看了看外面的天色,已经全暗,街上的路灯也已亮起。

小丽不知道什么时候提着一个拖把送到了"徐楚楚"的面前。

"还愣着干吗?不是你自己想要勤工俭学的吗?"小丽举着拖

把问。

"我家那么有钱我干吗勤工俭学?""徐楚楚"一脸的无知。

小丽好像不认识"徐楚楚"似的看了看她的脸。

"你怎么糊涂了?是你自己说最讨厌就是你爸身上的铜臭味,想要自己赚钱养活自己和你妈的。"

"我真的有说过吗?""徐楚楚"想了想女儿的个性,还真不是没有这个可能性。

"唉,我不跟你瞎七搭八的了,我忙去了!"小丽快步离开。就在小丽离开的瞬间,"徐楚楚"在小丽的背后再次看到了嬉皮笑脸的迈克陈。

"不好意思,又让你发现了。"迈克陈准备马上走。

"我就问你一句,这些都是真实的还是游戏里随机发生的?""徐楚楚"可怜巴巴地问。

"我之前就跟你说过,现在的世界所有人的信息都是公开透明的,你女儿要在这里打工也是要登记的,这个游戏有个特色就是所有对话和设定都必须和真实世界完全一致。所以你在游戏里听到的见到的每一件事都是真实世界存在的。"迈克陈认真地解释着。

"徐楚楚"正感吃惊,这时有人将他轻推了一把,他转头看到一个佩戴着领班标志的男人。

"侬还在这里发梦？厕所有人吐了！赶紧过去！"

等到"徐楚楚"回头的时候，迈克陈再次消失无踪。

厕所是真有人吐了，"徐楚楚"不相信这一切都是虚拟的，那些呕吐物的样子和味道他都能清楚地感觉到，他可以感受到女儿面对如此场景时的心情，想不到自己在女儿的心目中竟是如此的不堪。

"徐楚楚"刚刚费尽全力清理完呕吐物，自己也吐了，这么恶心的工作竟然让自己的宝贝女儿来做！他当真想去把领班给活活掐死。

转眼就到了夜里十点半，筋疲力尽的"徐楚楚"和小丽从快餐厅出来。外面的世界依旧灯红酒绿，餐厅的灯已经暗淡了下去，"徐楚楚"看着手里拿的几十块钱发愣。

"就这么点儿钱？""徐楚楚"问。

"你以为多少？"小丽不屑地说。

"难道没有更好的工作吗？""徐楚楚"看向小丽。

"你今天怎么了？我们一起找了十几份工作好不容易才找到的这个，现在就业压力太大了，我们完全没有竞争力。"小丽不明白地看向"徐楚楚"。

"我们有五险一金吗？""徐楚楚"问。

"你是不是脑壳坏了？"小丽觉得今天的徐楚楚像变了一个人。

"徐楚楚"看了看小丽，又看了看手上的几十块钱，心想难怪女儿平时那么省，随即鼻尖传来一阵隐隐的酸楚，这个该死的游戏竟然就连感觉都这么真实。

"我先走了，侬路上小心。"小丽拍了拍"徐楚楚"的肩膀，消失在了夜色中。

"徐楚楚"第一次感觉回家的路竟然这么远，周身的疲倦和无奈充斥着整个身体。冬日里上海的街道散发着一股子张扬的潮气，一个人孤独地行走在回家的小路上，徐天耀第一次感觉到原来女儿的世界竟是如此的孤单和无助。

好不容易回到自己家的楼下，那个该死的迈克陈不知道从哪里又冒了出来。

"注意了，要是二十四小时之内没有完成任务，这一关就会重启。"迈克陈好意提醒道。

"徐楚楚"满身疲倦地看了看迈克陈，他现在连想打迈克陈的力气都没有了。

"这个上面……""徐楚楚"仰头看了看自己的家，"……真有我的父母？"

徐先生的五次人生

迈克陈嚣张地笑了笑。

"最后跟你说一次，游戏里的一切都是真实的，包括你现在感觉到的湿度和温度，还有你周遭每个人的反应，都和真实世界没有任何区别。"

"那我现在从楼顶跳下来会死吗？"

"那倒不会，不过游戏会重启，也许比死还难受。"

"徐楚楚"想咬迈克陈的时候他已经消失了，他只好乖乖地回家，他现在也不指望什么集齐一百个赞了，只要能让脑门接触到枕头就算是成功了。徐天耀现在总算知道为什么女儿每天都回家那么晚了，自己长久以来都是用低俗的想法看待女儿的晚归，真没想到女儿竟然比自己还要硬气。

"徐楚楚"一进门就看到了满脸怒气的"徐天耀"。

徐天耀几乎是指着"徐楚楚"的鼻子大声质问："每天都玩到这么晚才回！你长点儿心好不好！"

"徐楚楚"这是人生中第一次以旁观者的视角注视着自己，原来换个角度才知道自己根本没有想象中的那么帅，甚至有些中年发福，特别是那张让人感觉又可气又可恨的脸，简直就无法直视。

"我……""徐楚楚"想解释。

"我什么我？瞧瞧你的鬼样子，哪里像个学生？就跟街上要饭的没区别！""徐天耀"一丝让步的意思都没有。

"你为什么不搞清楚状况就发脾气？""徐楚楚"耐着性子问。

"搞清楚什么状况？我每天在外面累死累活不就是为了这个家？麻烦你管好自己！"徐天耀撇着嘴一甩手愤愤地离开，独留"徐楚楚"一肚子委屈地站在原地，好在这时大梅及时出现。

"饿不饿？我去给你做点吃的。"

"徐楚楚"现在看到大梅的唯一感觉就是想哭。

大梅挺着大肚子给"徐楚楚"下了碗鸡蛋面，"徐楚楚"差点连碗都吞了。

"慢点吃，别噎着了。"大梅担心地说。

"太好吃了！我以前怎么就没觉得你的面这么好吃？""徐楚楚"擦了擦嘴角又擦了擦眼角，随后她顺势去到冰箱边拿出一罐啤酒拉开就准备喝。这时"徐楚楚"才发现大梅正用一种吃惊的目光注视着自己，这才意识到自己现在的身份应该是"女儿"。

"我……""徐楚楚"难堪地看了看手里还在冒泡的啤酒罐，"……这是学爸爸做做样子而已，我现在就放回去。""徐楚楚"极不情愿地将已经打开的啤酒又放进了冰箱。

"妈知道你在外面打工。"大梅怜爱地说了一句。

"你知道？"

"你每天都累成这个样子，一个人开心地回家和疲倦地回家完全是两个样子，我都不明白你爸怎么就看不出来？"

"徐楚楚"感觉心里一沉，大梅说得有道理，一个人在外面玩乐回家会呈现出一种完全放松的放肆感，但劳作一天回家，这种感觉自己非常清楚，那是一种满脸透露着深深的倦意，既不想说话也不想交流的深度孤独感。那时人需要的只是安慰和安宁，女儿每天回家都会带着这种倦意，自己为什么就没有看出来？

"其实你可以跟你爸解释解释。"大梅建议道。

"就他那种臭脾气！我解释有用吗？""徐楚楚"感觉自己越来越进入角色。

"其实你爸也是个讲道理的人，就是有时太过强势……"大梅微微叹了口气，其实这话她自己都不信，"……都说父女上辈子是情侣，我看你们是冤家才对，早点儿休息吧。"

"徐楚楚"真的累到连澡都没劲儿洗就一脑门埋在了床上，就在脑门接触到枕头的一瞬间，游戏重启了。

"徐楚楚"都不记得自己这是第几次回到了复旦中学的门口，手表再次显示二十四小时倒计时。

"任务重新开始,请在二十四小时之内集齐100个赞。"空中温柔的女声提醒着。

"我靠!我不就是睡了一觉吗?我又不是机器人,再说你这是个虚拟游戏!为什么我还会感觉累?这是你游戏设计失误知道吗?""徐楚楚"愤怒地冲着天空喊着,一些进入复旦中学的学生都用异样的目光注视着他。如果不是他知道自己是在游戏世界里,这感觉就跟真实世界无异,难怪迈克陈那么有自信地说只要试过游戏的人都会求着向他们公司投资。徐天耀也明白这个游戏一旦上市,迈克陈的公司市值超过世界五百强总和还真不是吹牛。

"楚楚,侬怎么了?"身后传来了小丽的声音。

"徐楚楚"转身看着小丽,指了指自己胸口贴的那张好像永远也拿不下来的贴纸问:"你看得见吗?"

"看见什么?"小丽仔细冲着"徐楚楚"的胸口看了看。

"你看不见我这里有张贴纸吗?""徐楚楚"将胸口顶到了小丽的眼前。

"一大早你开什么玩笑?"小丽说话间脸色忽然一变,她一把拉住"徐楚楚"的胳膊指着不远处兴奋地说。

徐先生的五次人生

"快看，快看，男神来了！"

"徐楚楚"朝着小丽指的方向看了看，一个高挑帅气的男生正朝着校门处走着，一些经过的同学特别是女生都对其投去了爱慕的眼神。

"他哪点帅了？""徐楚楚"以徐天耀的思维方式不解地问。

小丽不敢相信地看了看"徐楚楚"。

"我去！你瞎了？天佑可是全校公认最帅的大帅哥！传说已经有经纪公司找他签约了！不久的将来他可就是如假包换的超级大明星！"

"问题是这些关我什么事？他赚的钱可以分我一半吗？因为他股票会涨吗？"

"徐楚楚"忽然想起之前从女儿身上曾经掉落过一张男生的照片，他努力回忆着，照片上的男生和这个天佑应该就是同一个人。顷刻之间"徐楚楚"脑子里的护女系统就报起警来，作为一个父亲，哪个男生敢动女儿的坏心思简直就是自寻死路！

"徐楚楚"正胡思乱想着，那个所谓的超级大帅哥天佑竟然笔直向这边走了过来，一旁的小丽兴奋得简直不能自已。

"我的天啊！男神过来了！"小丽兴奋地拍打着"徐楚楚"的肩

膀。"徐楚楚"的脸上则闪现着冷漠加警惕再加鄙视的恶心表情。

天佑几步就到了"徐楚楚"的跟前，他故作潇洒地甩了甩头发对着"徐楚楚"说了句："嗨！"

"徐楚楚"半天没反应。

"嗨！"天佑调大了自己的音量。

"楚楚，他跟你说'嗨'！"小丽所有的兴奋都溢于言表。

"嗨你妈个头！一个大男生整天女里女气的，我告诉你，你们这种年龄应该好好学习天天向上，别整这些没用的！"

"徐楚楚"这句话一出，周围半径一百米的同学都启动了暂停键，所有人都用一种惊异的目光看向了他。小丽更是惊讶到下巴差点脱落，天佑更是难堪地停在了原地。

徐楚楚鄙夷地环视了一周，然后用一种想吐的眼神看了看天佑，随后迈着大步笔直地朝着校门走去。但走了几步，他又退回到了天佑的面前，用手指着天佑的鼻子警告说："我警告你，你要是再靠近楚楚，小心老子阉了你！"

半径五百米内同学们手里的书包饮料手机等纷纷掉到了地上，天佑和小丽则跑着去捡自己的下巴。

"徐楚楚"不明白自己为什么每次用手机都会被班主任遇见，也

徐先生的五次人生

不明白为什么每次班主任都会让自己举着个水桶站在教室走廊里，他此刻的心里至少有一万匹"草泥马"狂奔而过。更不凑巧的是天佑这个时候也不知道哪根筋错了，偏偏故作潇洒地走到了"徐楚楚"的面前说了句找死的话。

"楚楚，之前我还有点怀疑，但是今天早上我已经非常肯定了，我喜欢你。"如果这句话天佑是向别的女生说，那个女生肯定会高兴地蹦起来，不过现在他这句话却让徐天耀听见了，后果可想而知。

"徐楚楚"拎起一桶保洁员刚刚洗过教室走廊的脏水，这盆脏水里至少含有一千种完整鲜活的微生物，他一个反扣就将水桶扣在了天佑的脑袋上。不远处刚刚准备过来跟"徐楚楚"说话的小丽吓得转身就跑。

接下来的场景就更让人大跌眼镜。

"我不能再忍了！这是我的手机！他凭什么拿？""徐楚楚"满脸怒气地朝着班主任办公室走去，"她"准备找班主任理论去。

"徐楚楚"的班主任虽然年纪很大，但却是个电子产品爱好者，平日里没事的时候他也喜欢用手机玩玩游戏，此刻他正偷偷地用徐楚楚的手机打着某款劲爆的网游，就在他快要升级的时候忽然听到一个声音劈面而来。

"这是我的手机！你凭什么没收！"说话间"徐楚楚"一把抢过了手机。班主任被"徐楚楚"出格的行为雷得外焦里嫩，半晌没反应。等到班主任回过神的时候，"徐楚楚"早已不知去向。

"徐楚楚"出了班主任的办公室便朝自己的教室走去，里面的同学正在半梦半醒地上课。

"平面向量的基本要素分为大小和方向，然后……"老师正讲着，忽然感觉背后有人一推，自己直接站到了讲台上。

老师一回头，就看到"徐楚楚"已威风凛凛、肆无忌惮、披头散发地站在讲台上。

"我现在发条朋友圈，你们谁跟我点赞，我就给谁一百块钱！"说完"徐楚楚"非常笨拙地用手机自拍了一张照片发了朋友圈。几乎就在"徐楚楚"发出朋友圈的瞬间，班上的同学纷纷从各种意想不到的地方掏出了手机，并人手一赞地点了上去。

"徐楚楚"看了看自己的赞，36个，差不多所有同学都点到了。正在"徐楚楚"高兴之余，就看到同学们齐刷刷将手机各种隐藏了起来。这时感觉自己的耳朵一疼，转头就看到班主任。

"反了！真是反了！现在就请家长！"班主任当着全班同学的面咆哮着，他很喜欢这种咆哮，这是学生们最怕的一招。

大约半个小时之后,原本指望着游戏重启的"徐楚楚"失望地低头站在了班主任的身边。大梅的手机可能没电了打不通,所以徐天耀急匆匆地出现在了班主任的面前。

班主任一见徐楚楚她爹,一肚子的委屈全都倒了出来。

"我跟你说,我从事教育工作三十几年,还从没见过这么无法无天的学生!上课的时候她竟然把老师推下了讲台!"

"我不是……""徐楚楚"想解释。

"闭嘴!"班主任一黑脸。

反倒是徐天耀一脸的平和满脸堆笑。

"班主任您先消消气,俗话说得好,能用钱解决的问题都不是问题!"

班主任做梦都没想到徐天耀会来这么一句,倒是旁边的"徐楚楚"没有任何的吃惊,他明白自己的做事风格,同时也预见到了徐天耀下一步会做什么。

"徐先生,我不太明白你的意思?"班主任不解地问了一句。

这时徐天耀左右看了看,然后小心地从兜里拿出了一个不算太厚的信封推到了班主任面前。

"您看这事的责任全在我们这边,这些您就当买点茶叶消消火。"

班主任不太明白地拿起信封打开看了看,当即脸上一红。

"我真是……"班主任气得都不知道应该怎么表达好了,"……算了,这事我是解决不了了!还是交给校长解决吧!"

不到十分钟,"徐楚楚"和徐天耀出现在了校长办公室,校长是一个五十多岁的秃头,穿着正统的中山装。

校长当着徐天耀的面前打开了信封,里面是一叠百元大钞。

校长也算是见多识广的人了,他对学生家长对老师行贿根本没感到意外。校长严肃地看了看徐天耀和"徐楚楚",然后喝了口杯里的西湖龙井。

"侬看侬的女儿是直接开除还是留校察看呢?"校长问。

徐天耀继续满脸赔笑。

"不是,您看楚楚班主任和您都误会我的意思了!这些钱我是准备给学校添置点教学设备,绝对没有行贿和侮辱老师的意思!"

校长略带鄙视地看了看徐天耀:"我从事教育工作五十几年,还没见过像侬这样明目张胆的家长!侬作为一个父亲,怎么能够做出这种事情?现在这件事是被我们制止了,要是侬真的成功了,这件事对侬女儿以后的学习成长会造成多大影响,侬知道吗?"

徐先生的五次人生

"知道,当然知道!我已经严肃地意识到这个问题的严重性了!"徐天耀口不对心地眼珠子转了转,小声地说。

"我看您这个办公室空调效果不是很好,要不……"说话间徐天耀从兜里掏出了一张银行卡推到了校长的面前,"……要不给您办公室添置套中央空调?"

校长一口将刚刚喝下的龙井茶喷到了徐天耀的脸上。他这还真不是有意的,他是被徐天耀的"坚持"给吓到了。

"你……你们给我出去!"校长气得恨不得把茶杯扣在徐天耀脸上。

"您也消消气,要不这里的家具换了也行,我这不是看您辛苦吗?"

"出去!"

校长气得连徐楚楚的处理意见都没说就把他们俩赶出了学校。"徐楚楚"站在门口,回头看了看复旦中学的大门,心说这幸亏是虚拟游戏发生的事情,要是现实世界我真这么办事,女儿可能真的连学都上不了了。但他仔细一想,如果真像迈克陈所说这游戏的一切都是按照真实世界的数据形成的,那么自己必会这么做!想到这里,他感觉后背一凉。

"上车啊！愣着干吗？""徐楚楚"转头才看到徐天耀已将车开到了跟前。

"徐楚楚"极不情愿地上了父亲的车。

"什么玩意儿！我就不信这个世界上没有钱解决不了的问题！楚楚你不用担心！这个学校开除你了，爸出钱让你上贵族学校，没钱解决不了的问题！"徐天耀不以为然地抱怨着。

"钱钱钱！你一天到晚就知道钱！这个学校有我多少年的好朋友、好闺蜜！贵族学校有吗？你以为自己有钱？比你有钱的人多了去了！你现在要学会的是讲道理尊重人！""徐楚楚"都不明白自己怎么就可以完全站在女儿的角度思考问题了。

"哎，爸这不都是为你好吗？"徐天耀不理解地看着"徐楚楚"。

"为我好就应该教我做人的道理，而不是一天到晚跟我说钱能解决的问题都不是问题！这样我以后就会变得比谁都物质，都势利！""徐楚楚"现在怎么看徐天耀都别扭，他已经决定如果回到了现实世界尽量少照镜子。

"楚楚，你怎么跟老爸说话的？老爸只是想让你提前明白钱的重要性！你看这学校、这车，你吃的穿的用的哪样不是花钱买来的？"

"徐楚楚"非常激动地掏出自己的钱包将里面的现金和银行卡全

都扔在了徐天耀的脸上。

"我现在用这些自己赚的钱让你闭嘴总可以了吧!"

说话间"徐楚楚"一把推车门走了下去,实在无法忍受徐天耀的价值观!

"楚楚,你去哪儿?什么自己赚的钱?你说清楚!"车里的徐天耀低头冲着车外追问着。

"徐楚楚"刚刚准备迈大步离开,这时那个什么天佑又屁颠屁颠地一脸娘炮地跑到了"徐楚楚"的面前。

"楚楚,听说你被学校开除……"

"徐楚楚"一拳头打过去,天佑当即倒地,他恶狠狠地指着地上的天佑说:"跟你说过多少次,要你别再靠近徐楚楚!下次再犯我就杀了你!"

"徐楚楚"一回头,就看到了目瞪口呆的徐天耀,不过徐天耀竟然很快对女儿竖起了大拇指。

"干得不错,对待对你有邪念的男生就得这样!"徐天耀正说着,忽然接到个电话,很快电话接完,徐天耀从兜里掏出了一叠百元大钞递出了车外。

"爸公司有事,你自己回家。"

"徐楚楚"气愤地看了看他手里的现金。

"我现在更需要的是心灵上的辅导,你就是这样当爹的?"

"还有钱不能解决的问题吗?"徐天耀一副不以为然的样子。

"你……""徐楚楚"快要被气死了。

"哦,对了,你们现在的年轻人不用现金,我转你手机账户,自己小心。"说话间徐天耀一路绝尘而去。

"有你这么当爹的吗?你真以为钱是万能的?""徐楚楚"冲着徐天耀离开的地方一阵跺脚,这时他感觉自己的手机振动了起来,看了看来电显示,竟然是迈克陈的头像。

"你他妈放我出去!""徐楚楚"对着手机狂吼。

"我也想啊,1.0版本,你懂的。"迈克陈悠闲地回答。

"我懂个屁!"

"再努力呗,西瓜不是一口就可以吃完的。"

"你到底在说什么屁话!"

"没什么,我只是问候一声,加油!你一定可以的!"

"徐楚楚"正准备骂迈克陈时,对方竟已挂上了电话,他重重地将手机摔在了地上,然后冲着天骂了句足以让游戏重启的脏话。

游戏再次重启的时候,"徐楚楚"忽然发现自己并没有出现在学校的门口，而是出现在了自己家的楼下。

"徐楚楚"自我打量了一番装扮，自己穿的不是校服，而是一套普通的休闲衫。他又看了看还不算太亮的天空，周围的鸟鸣和清新的空气都在告诉"徐楚楚"现在应该是清晨。

"怎么回事？不是应该在学校门口吗？""徐楚楚"云里雾里地问了一句。

"贴纸游戏的内容是根据实际情况随机产生的。"空中竟然传来了迈克陈的声音。

"你出来，我保证不打死你！"徐楚楚对天喊了句，这时他就看到徐天耀从楼栋门里走了出来。

徐天耀一出来就上下打量了一番"徐楚楚"。

"有的时候我真羡慕你们这些好吃懒做的年轻人，整天都不知道干吗？现在才七点就出去鬼混？"徐天耀非常鄙视地看了眼女儿。

"我都不知道我在干吗，你知道？""徐楚楚"反问。

"真是懒得跟你废话，记得别早恋，早点回家。"徐天耀一转身，去了地下停车场。

"你好歹搞清楚状况再说女儿好不好？你女儿也是有自尊的！""徐楚楚"对着"父亲"离开的方向竖了竖中指。这时"徐楚楚"就听到身后传来了小丽的声音。

"楚楚,再不走就迟到了!"

"去哪儿?""徐楚楚"转身问。

"你最近怎么老忘事儿?"

"忘什么?"

"你今天不是要去滨江公园的嘉年华做'小丑沙袋人'吗?"

"'小丑沙袋人'是什么东西?"

上海滨江公园全长2500米,是一个集观光绿化及服务设施于一体的沿江景观地带。这里每年的大型节假日都会在一部分公益用地上举行一些大型的游乐嘉年华项目。小丽跟"徐楚楚"说的小丑沙袋人就是今年滨江公园嘉年华众多游乐项目中的一个。

"徐楚楚"都还没搞明白怎么回事,就被小丽带到了一个还未开放的游乐项目前面。他放眼看去,这个游乐项目不算太大,就是一个大水池子上面几米的地方横着一条超窄的独木桥,"徐楚楚"实在想不明白这些玩意儿到底是做什么的?

"好了,我还要去扮唐老鸭,下班见!"小丽刚刚准备离开就被"徐楚楚"一把拉住。

"慢着,这是干什么的?"

"楚楚，你不会后悔了吧？当初我也劝过你，这可是你自己要打的工，你说只要可以尽快离开你爸，哭着也会做完的。"说话间小丽就消失在了逐渐多起来的人群中。

嘉年华这种临时建立起来的大型游乐场全国各地都会有，特别是一些大城市相对而言会出现得频繁一些，徐天耀依稀记得在女儿七岁还是八岁的时候他带她来过滨江公园的嘉年华，想不到这么多年过去了，这种模式的娱乐活动还健在。

"你怎么才来？""徐楚楚"正愣神，一个穿着小丑服的工作人员过来一把将他拉进了一间更衣室。

"干吗？""徐楚楚"环抱住了自己的身体，小心地问。

"换衣服！"说话间工作人员将一套小丑服放到了"徐楚楚"的面前。

"换这干吗？""徐楚楚"满脸疑惑地问，这时他忽然发现周围的一切暂停了下来，面前的小丑就宛如时间停止了一般，就连面前光线下照射的灰尘也停止了浮动。"徐楚楚"转脸看向了墙角边的老鼠，老鼠的前爪停在了半空中也没了动静。

"游戏可以选择提示功能。"空中忽然传来了那个温柔的女声。

"什么提示功能？""徐楚楚"好奇地问。

"你可以选择'YES'或'NO',游戏将会回放一些真实场景供参考。"

"什么叫真实场景?""徐楚楚"一肚子的问号。

"所谓真实场景就是在玩家的生活中真实出现过的场景经过'虚拟地球'技术百分之一百的真实还原。"女声解释着。

"什么叫'虚拟地球'?"徐天耀感觉自己好像实在低估了迈克陈的野心。

"解释完毕,现在玩家可以选择进入提示功能,请选择'YES'或'NO'。"

"YES!"徐天耀真心想知道这个所谓的真实场景虚拟地球到底是个什么东东。

几乎就在一瞬间,徐天耀感觉周围的一切瞬间变换了场景,很快徐天耀就发现自己好像恢复了真身。因为他亲眼看到一个阳光明媚的早上,徐楚楚正和小丽坐在公园的花坛边说话,徐天耀几乎是冲到了女儿的面前。

"楚楚,楚楚!爸爸回来了!爸爸回来了!"徐天耀高兴得差点蹦起来,但很快他就发现就剩他一个人兴奋了,徐楚楚根本就当自己是透明的。果然,几经尝试之后,徐天耀感觉自己貌似真的是透明的。原来自己只是以一个旁观者的角度注视着一切，眼前的这些应该就是游戏提示中的"虚拟地球"，徐天耀在心底里赞叹迈克陈的牛叉，这种技术，已经无敌了！

"楚楚，你确定要干这个？"徐天耀听到了小丽的声音。

徐楚楚点了点头，没说话。

"就那种工作，多少钱我也不会干！你真的需要好好考虑！"小丽满脸的关切。

"比起我爸对待我和我妈的方式，这些都算不了什么。"徐楚楚认真地说。

"你爸也没你说的那么夸张吧？我感觉好像还行啊。"小丽问。

"七岁之前，我爸的确对我不错，但是自从我们家搬到了那个大房子，一切都变了。"

"怎么变了？"

徐楚楚陷入了沉思。

徐天耀都还没搞清楚状况，周围的一切再次变化，徐天耀竟然看到了刚满周岁的徐楚楚。那个时候的徐楚楚长得圆滚滚的，可爱而又淘气。徐天耀真的忍不住要过去抱住可爱的女儿，但很快就再次意识到，对于眼前的一切，自己只是一个虚无的存在。

一岁的徐楚楚正在一片草地上学着走路,她晃晃悠悠、步履蹒跚地向前走着。大梅在一旁开心地看着。徐天耀感觉那时的大梅皮肤比现在好很多。很快,徐天耀就看到了年轻时的自己,当时的自己笑得像朵花儿。

"楚楚,这边!"年轻的徐天耀在草地的边缘无比开心地拍着手掌。一岁的楚楚一脚没站稳,倒在了草地上,徐天耀和大梅以最快的速度跑到了徐楚楚的身边一把抱起,徐天耀异常小心地上下打量着。

"没事吧?哪里摔到了?"徐天耀担心得像个茫然失措的孩子,一旁的大梅看了看没事的女儿又看了看徐天耀,满脸的幸福。

看到此情此景,徐天耀满怀感触,他几乎已经忘了自己曾经经历过这样一段奢侈的幸福时光。

这场景徐天耀都还没看够,周围的一切再次发生变化。

这次徐天耀看到了六岁的女儿。六岁的徐楚楚可爱得宛如一个洋娃娃。徐天耀记得这应该是女儿刚刚上小学一年级不久,六岁的女儿在拥挤但却温馨的老房子里正哭着,她面前的一张试卷上写着60分,徐天耀正微笑地安慰着女儿。

"有什么关系嘛,下次再努力!爸爸相信你,你一定能行!"

年幼的徐楚楚继续哭着,徐天耀忽然微笑着在徐楚楚面前魔术般

徐先生的五次人生

地变出了一颗大白兔奶糖。

"这可是你最爱吃的,相不相信爸爸还可以变出更多大白兔?"

徐楚楚的哭声渐渐小了下来,她充满了期待地注视着徐天耀。很快,徐天耀将握着大白兔糖的那只手放到了女儿面前,然后用另一只手慢慢滑过上空,很快,一颗大白兔变出了五颗大白兔,徐楚楚悲伤的表情变成了吃惊状,不过很快徐楚楚的脸上又出现了犹豫的神情。

"你说不许我吃糖的。"当时的徐楚楚还是个听话的孩子。

"爸爸今天允许你吃五颗大白兔!"

徐楚楚转瞬破涕为笑,随后她紧紧地抱住了父亲,开心得像个公主。徐天耀也满足得像个拥有一切的国王。

徐天耀依稀还记得那时的自己,和一家人住在一间几乎转不过身来的小房子里,自己对一切都充满了耐心和关爱。每天徐天耀最开心的事,就是劳累了一天回到家,陪伴着老婆和女儿的短暂快乐时光。那种快乐是一种多少钱也买不回的愉悦。女儿的一个微笑就可以让自己精神满满地奋斗一整天,但是现在,徐天耀搜寻着最近记忆中女儿的喜乐哀愁,自己竟然毫无印象。

徐天耀正胡思乱想着,他面前的场景忽然变成了一个雨夜。

这是一个瓢泼大雨的夜晚,徐天耀正背着高烧的女儿在马路上狂奔着，一旁的大梅用尽全力地举伞跟着。徐天耀早已被大雨淋得狼狈不堪。虽然是个寒夜，但徐天耀背后的徐楚楚依旧因为高烧满脸通红。

"怎么一辆车都没有？"大梅焦急地左右观望着。

"等不了了！"徐天耀正说着，大雨渐渐停止了下来，这应该是一朵过路的乌云。

"我先背楚楚去医院！"

"这里距离医院还有十几公里！"大梅关切地说了一声。

"唉，小事！你体力不好，就在这儿等着，你如果拦到车给我打电话！"徐天耀一埋头，背着高烧中的女儿在寒冷而又潮湿的夜幕中快速地奔跑。

徐天耀就这样沿着布满了淤泥凹凸不平的马路，一路跌跌撞撞地跑着……回想那天，徐天耀在公司接待了五十多个前来咨询的客户，还没进家门就感觉自己好像连步子都迈不动了，但是当他回家看到正在高烧中满脸通红的女儿时宛如被人打了一剂强心针，毫不犹豫地就背着女儿冲出了家门。

这个场景将徐天耀记忆中的灰尘轻轻地吹走，他记得那天自己背着女儿跑了有差不多三个小时才见到医院的大门。他一进医院的大门就跪在地上了,他感觉自己的双腿已经完全失去了知觉,但他还是发疯似的大叫着"救命"。虽然后来医生经过检查,发现徐楚楚只是普通的急性带状疱疹引发的高烧,并无大碍,反倒是徐天耀因为运动过激拉伤了韧带。但当时的徐天耀并未觉得自己做的事有任何的夸张和过激,他感觉自己只是做了每个父母都会做的事儿,那就是毫无保留用尽全力地保护儿女的安危。

看到这里,徐天耀心里忽然有了一种沾沾自喜的感觉,他感觉自己好像对待女儿非常不错。但很快,一些也许被徐天耀早已淡忘的往事再次浮现。

很快,徐天耀就看到了自己现在住的大房子,场景中的房间应该是刚刚装修不久的时候。为了显档次,徐天耀在客厅显眼的地方摆放了一只古董花瓶。他看到刚刚上初中的徐楚楚正抱着一盆洗过的衣物经过客厅,也许是洗衣盆有些重,那个时候细胳膊细腿正在发育中的徐楚楚看上去非常吃力。就在徐楚楚经过那只古董花瓶的时候,一个不小心将古董花瓶摔到了地上,瞬间摔得粉碎。在巨大声响的引导下,已经开始微微发胖的徐天耀满脸不高兴地出现在了徐楚楚的面前。

"怎么回事?"徐天耀一脸的严肃。

"我是无意的!"徐楚楚睁着大大的眼睛说。

徐天耀猛地一弯腰，捡起了花瓶最大的一片碎片，他皱眉看向了女儿。

"你知道这花瓶多少钱吗？"

徐楚楚无辜地摇了摇头。

"谁要你洗衣服的？"徐天耀看了眼女儿怀里的洗衣盆。

"我看妈妈累。"徐楚楚如实地回答。

"你以为爸爸不累吗？这个花瓶值十几万你知道吗？"徐天耀一脸的怒气。

徐楚楚一低头，不说话了。

"真是不懂事！你知道什么叫因小失大吗？"徐天耀毫无收敛地责怪着女儿。

"大不了我赔！"徐楚楚不服气地回了一句。

"你赔什么赔？上个星期你期中考试班上倒数第五名！你这样的要饭都没竞争力！"

"你用不用说话这么过分？"

"我怎么过分了？有你摔坏十几万的花瓶过分吗？"徐天耀说说也就算了，还一把抢过女儿怀里的洗衣盆扔到了一旁的地上，很快女儿辛辛苦苦手洗的衣物就洒落了一地。

徐楚楚也许是被徐天耀这个举动给吓到了，一下子愣在原地，很快眼泪就下来了。

"哭！一天到晚你就知道哭！你现在不好好学习以后有你哭的日子！"

徐楚楚流着眼泪蹲下捡衣物，徐天耀走过去一脚把洗衣盆踢得更远了。

"你听不懂我的话是不是？这些事不用你做！"

"你知不知道妈妈每天有多辛苦？我只是想帮她减轻负担！"徐楚楚猛地一下站起，她的目光中布满了委屈。

"她再辛苦有我辛苦吗？！"

"你总以为这个世界上只有你一个人辛苦！你有没有考虑过我们的感受？"

"我又不是你们，怎么可能考虑你们的感受？现在我才是一家之主，你们必须考虑我的感受！"

也许是实在听不下去徐天耀的无理取闹了，徐楚楚一甩手，跑向了自己的房间。

"真是越来越不懂事！这花瓶修复得花多少钱啊？"徐天耀根本没理会女儿的情绪，而是蹲在地上捡起了花瓶碎片。

真实的场景再次唤起了徐天耀的记忆，他记得这天自己刚刚因为一次过失被老板骂过，自己怎么就把气撒在了女儿的身上？看到这些，徐天耀感觉自己真是坐立不安十分惭愧，不过很快，更让徐天耀惭愧的场景出现了。

这是徐楚楚初中的教室，门口写着初三一班，门口一些学生在嬉戏打闹着。徐天耀快步走进教室，他看到了黑板上写着"中考倒计时"几个大字。他一转头，就看到了靠窗的位置徐楚楚正捂着肚子满脸痛苦的样子，这时小丽关切地坐到了徐楚楚的面前。

"楚楚，怎么了？"小丽问。

"我刚刚流了好多血，肚子也痛。"徐楚楚脸色有些苍白地说。

"你不会是大姨妈来了吧？"小丽小声地问。

"大姨妈是什么？"徐楚楚睁着大大的眼睛天真地问。

"唉，你怎么这个都不懂？没事，我带了！"说话间小丽从书包里掏出了一枚卫生巾递到了徐楚楚的面前。徐楚楚的脸红了红，她明白自己刚刚从一个女孩变成了一个女人。

很快，场景又变成了徐楚楚的房间，徐楚楚正趴在桌子上捂着肚子，她的额头上微微透露着汗珠，她的面前满是复习资料。这时站在女儿身后的徐天耀看到那时的"自己"连门都没敲就进来了。徐天耀进来的同时徐楚楚把台灯给关上了。

"你干什么？"徐楚楚都还没开口，破门而入的徐天耀反问了一句。

"我想睡觉了。"徐楚楚面色苍白地说，她一直捂着肚子，有时女人的痛经指数不是男人所能想象的，经常会有女人因为痛经而痉挛或者晕倒，经常有人说痛经是女人的噩梦一点儿也不夸张，更何况是之前从未经历过这种痛楚的十四岁的徐楚楚。

"我刚刚准备问你学习得怎么样了，你就想偷懒？"徐天耀没好气地说。

"我不是偷懒，我是真的想休息了。"徐楚楚捂着肚子，也不好意思跟父亲说什么。

"现在九点都不到你就睡觉？你就是这样浪费青春浪费人生的吗？"徐天耀不依不饶地说。

"不是，我真不是懒，我……"

"别找理由，没几天就中考了！"徐天耀过去一把将关闭的台灯又打开了，但很快徐楚楚一把关上了台灯自个睡到床上盖上了被子。也许是这个举动激怒了徐天耀，又或者是徐天耀正想要耍父亲的威严，徐天耀过去一把将徐楚楚盖着的被子拉到了地上，徐楚楚气愤地坐起。

"你干吗？"

"我跟你说，你现在不想学也得学！想当年你爸我为了高考天天熬夜流鼻血还不是熬过来了！家里现在给你这么好的条件，想不到把你养得越来越懒！"徐天耀站在床边愤愤地指着女儿。

"我说了我不舒服！"徐楚楚大声地吼了一句。

"你少跟我装，你跟我下来！"徐天耀没有半点儿退让的意思。

"我是真的不舒服！"徐楚楚一激动，眼泪又下来了。

"哭！一天到晚就知道哭！老子真是白养你这么大了，真是不争气！"

也许是父女吵闹的声音太大，大梅穿着睡衣快步走了进来。

"又怎么了？"大梅皱眉看了徐天耀一眼，然后快步捡起了地上的被子去到了女儿的身边。徐楚楚一把躲进了母亲的怀里，眼泪止不住地往外淌。

"都是你给惯的，越来越矫情！我这么拼命给你们最好的生活，你们就是这样回报我的？"徐天耀一甩手，摔门出去了。

一直站在一旁的"隐身"徐天耀真恨不得上去抽自己几耳光。就在徐天耀好奇大梅怎么安慰女儿的时候，场景再次发生了变化。

场景竟然来到了夜色中的上海迪士尼乐园，徐天耀看到了满眼真

徐先生的五次人生

实的游乐设施和嬉戏玩闹的人群,不由再次感觉到了吃惊。如果不是自己真的知道这是一个所谓的虚拟世界,打死都不会相信。

徐天耀正四处观望着,他忽然看到不远处华丽城堡的上空燃起了灿烂无比的烟花,那五彩的光芒照在人们的脸上不断变化着颜色。但徐天耀明白自己不是来看这些的,游戏带自己来这里一定有它的目的。果然,徐天耀在观望烟花的人群中看到了已经就读高二的徐楚楚,正值人生中最绚丽青春年华的女儿美丽得宛如白雪公主。不过很快,徐天耀父亲独有的警报系统响起,他看到了徐楚楚的身边正站着一个看上去充满了男孩子气的少年,这个少年徐天耀依稀记得自己应该在哪里见过,但却又怎么都想不起来。这时徐天耀竟然发现女儿的手和少年牵在一起!

我的天啊,女儿早恋了!这是徐天耀做梦都担心的事,他最怕就是不经世事的女儿受到坏男人的欺骗。这种事对于任何一个拥有宝贝女儿的父亲来说都是无法接受的。

可惜不论徐天耀怎么激动,徐楚楚都对其视而不见,如果这是在现实中,这个少年可能已经被徐天耀给生吞了。

"好漂亮!"徐楚楚的双眸在烟花的灿烂下闪烁着五颜六色的光彩。

"没有你漂亮。"一旁的少年微笑着说。这时徐天耀的双手已经掐住了少年的脖子，可惜少年察觉不到。

就算是在烟花的灿烂下，也可以看到徐楚楚绯红的脸颊，初恋中少女的喜悦与慌乱在徐楚楚的脸上表露无遗。

这时一个巨型的心形烟花不失时机地在空中绽放，众人发出了一阵阵的惊呼和欢腾，沸腾的喧闹声中传来了少年热情的喊声。

"我喜欢你，徐楚楚！我是真心喜欢你！"少年对着布满烟花的天空大喊着。虽然众人的喧嚣压制了他的呼喊，但徐楚楚却听得真真切切。徐天耀从未见女儿笑得这么开心过，这是一种由心底慢慢溢出的喜悦，这是一种纯真心灵无限接近幸福的感触，这是一种对未来充满了期待和向往的天真。

"我也喜欢你！"徐楚楚竟然也大喊了一声，她的脸颊更红了。

"但是我要和你分手！"少年这句话一出，徐楚楚脸上的喜悦戛然止住，徐楚楚转脸用自己瞬间迷茫的双眼注视着少年。这时少年本牢牢牵着徐楚楚的手已缓缓地放开。

"我明天就要去美国了，也许我们再也见不到了。"少年也转头看向了徐楚楚。

"你为什么之前没跟我说？"徐楚楚的眼中闪烁着不安。

"我不想你太早知道,我怕你伤心。"少年的话语中竟然流露着挣扎。

"我也可以去美国!"徐楚楚执着地回应着青春的沸腾。

"我知道。"

"但是,你为什么说……"分手两个字,徐楚楚好像害怕说出口。

"人总是要成长的,我在书上看到说戛然而止的才叫'初恋'。"

"我可以报考美国的大学,这样我们就不用分开了!"

"你怎么还不明白?你比我聪明,也比我优秀,我真的各方面都不如你,你一定可以考上任何你理想中的大学,不用为了我耽误你的前途。"少年认真地说着。

听到这里,徐天耀忽然开始用欣赏的目光注视着少年。

"你就是我的前途!"徐楚楚的每句话都透露着少女对爱情的纯真。

"楚楚,没事的,以后我不论在世界的任何地方都会想起你,但是我们还年轻,如果大家一起努力,以后一定还会见面。我不想耽误你……"少年话音未落,徐楚楚竟然将自己的嘴唇紧贴在了少年的嘴上,少年几乎吓得面红耳赤,徐楚楚脸上的红也延伸到了脖子。

"好了,我的初吻给你了!我相信你会永远记得!"徐楚楚认真地注视着少年。

"刚刚也是我的初吻。"少年认真地回答。

"这样我们就各不相欠了。我会听你的,我会用尽自己的全力考上最好的大学!我相信只要我们一起努力,就一定会有再见面的一天!"

"我想在烟花结束之前离开,可以吗?"少年忽然残酷地说。

徐楚楚看了看少年,然后微笑着转脸看向了烟花,少年好似还想再说几句,但最终选择了默默地离开。

烟花很快就结束了,围观的人群渐渐地离开,徐楚楚脸上的灿烂也消失无踪。徐天耀从未见过女儿哭得如此狼狈,有那么一瞬间徐天耀竟然希望少年回头,因为他不想看到女儿为了原本甜蜜的初恋如此地伤心欲绝。一场属于青春的恋爱就这样措手不及地结束了。徐天耀一直注视着女儿,每个看到女儿伤心的父亲此刻都会心如刀绞,他从未想过女儿竟然背着自己为了一场自己毫不知情的初恋如此绝望。就在这时,徐楚楚的手机忽然响起,徐天耀看到了来电显示就是自己的名字。

徐楚楚狼狈地接通了电话,这时电话那头传来了徐天耀几乎咆哮的声音。

"这都几点了？再不回家就不用回了！一天到晚在外面也不知道搞些什么？你到底什么时候才能懂事？"

徐楚楚好几次都想说话，但都被自己的哽咽打断了。

"你以为不说话今天这事就算了？我跟你说，以后晚上都不许出门了！"

"爸，我好痛苦……"徐楚楚哭着对电话说了一句。

"你说什么？痛苦？你少在这里跟我装蒜！你知道你现在多幸福吗？还跟我说痛苦？我告诉你，半个小时之内你要是没回家，我教你什么叫痛苦！"说话间徐天耀狠狠地挂上了电话。徐楚楚注视了一眼手机，哭得更惨了。

一旁注视着女儿的徐天耀咬牙切齿地跺着脚。

"我这个畜生！"徐天耀忍不住骂了自己一句，为什么每次自己都这么无知和专横？在这么痛苦的情况下自己竟然还这样的攻击女儿！此时此刻，徐天耀总算是明白了女儿为什么对自己如此地绝望。

就在徐天耀准备扇自己耳光的同时，他忽然发现自己又回到了之前的那个更衣室，工作人员将一套小丑服放到了自己的面前。

"赶紧换衣服，已经有游客进来了！"

很快，"徐楚楚"就换上了小丑的服装，另外一个小丑几乎是胡乱地给徐楚楚化上了一个小丑妆。大概半个小时之后，"徐楚楚"总算是明白了"沙袋人"到底是做什么的。

所谓"沙袋人"其实是中国台湾地区流传到大陆的一种游乐方式，通常游戏的方法是在一个小型水池或者是沙坑的上面五六米的地方横放一根极窄的独木桥，沙袋小丑人在独木桥上走来走去，尽量做出一些滑稽的动作和姿势，然后水池或者是沙坑前面围观的游客可以购买一定数量的沙包用来扔向独木桥上的小丑。只要小丑中弹了，必须从五六米高的独木桥上掉下去，不过很快小丑就得狼狈地从水池或者沙坑上爬起来再次登上独木桥，不断重复刚刚的悲催命运。

"徐楚楚"记得是早上八点踏上的独木桥，自己不停地在独木桥的上面摔下，然后再爬上，再摔下；再爬上，再摔下。好几次"徐楚楚"身体里的徐天耀是真的放弃了，但每次放弃游戏就会重启。游戏旁白告诉徐天耀这是徐楚楚真实经历过的场景，徐天耀必须完成徐楚楚曾经经历过的摔跤次数和持续时间才能进行下一步的游戏。就这样，"徐楚楚"已经不记得自己到底从五六米高的独木桥上摔下去了多少次。他只记得自己从早上八点一直干到了晚上的九点才顺利地从这关中逃脱，然后"徐楚楚"几乎是麻木地看着自己身上到处都是的瘀青和手里少得可怜的佣金，感觉自己的心底都是痛楚的。这还不算,"徐天耀"不失时机地打来了电话。

"喂,你在哪里?是不是不想回家了?"电话那头依旧是徐天耀独断专横的声音。

"我……""徐楚楚"想解释,但很快被徐天耀打断。

"你什么都不用说了!半个小时之内你不回家今晚就不用回了!一天到晚只知道吃喝玩乐!我真是白养你了,你好自为之!"徐天耀挂上电话的时候,"徐楚楚"一气之下重重将手机扔到地上踩了又踩。

"你有没有考虑过别人的感受?你知不知道女儿有多辛苦!你就是个畜生!禽兽!""徐楚楚"有些歇斯底里地咆哮着。

徐天耀此时此刻才明白女儿离开自己的决心到底有多大。自己为人父亲的失败,绝对超出了自己的想象。

精疲力竭的"徐楚楚"也不知道自己埋头走了多久。他几乎已经忘了点赞一百个才能离开游戏的规定了。他不知不觉来到了一个十字路口,麻木地看向行人和车辆,自己总说不可能站在对方的角度考虑问题,这下好了,报应来了,自己不但拥有了"别人"的全部感受,甚至体会更深!

等待红绿灯的关口,"徐楚楚"看了看自己的电子表,上面显示距离游戏重启还有不到几个小时,也不知道游戏再次重启自己会经历怎样更加变态的历程。徐天耀感觉自己已经无法承受女儿所承受的压力，这根本就是一道无解的关卡！不许花钱买赞，还必须是点赞者真心实意的点赞，这简直就是不可能完成的任务！

"徐楚楚"正感绝望之时，忽然看到周围等待红绿灯的人同时看向了马路的中间，"徐楚楚"顺势看去，竟然看到十字路口的中间有个光着屁股的小男孩追逐着一只小皮球，同时就在距离小男孩不到一百米的地方有一辆失控的大卡车正笔直向着小男孩冲过去。

那一瞬间"徐楚楚"的脑子急速运转着，救还是不救这真的是个很严重的问题，他甚至想到现在面前的这个问题是不是用钱可以解决？"徐楚楚"用0.5秒就做出了判断，面前这件事还真用钱解决不了，必须用人去解决！最后他用尽全力冲向了路的中间，几乎是一把抓住了小男孩的领口将其整个提了起来。这时"徐楚楚"用眼角余光看了看大卡车的方向，目测距离不超过五米，也就是说如果自己不把小男孩抱在怀里这孩子必死无疑！"徐楚楚"快速将小男孩拥入了怀中，用自己纤细的背部面对着卡车，这样至少可以为男孩赢得缓冲的机会。

"徐楚楚"几乎已经感到了大卡车失控引起的劲风推到了自己的背后，他索性将眼睛一闭，在心里琢磨着这次游戏重启可能会痛得要命！他甚至回忆起了很多自己和女儿的快乐时光。他确信女儿遇到同样的事件也会做出同样的选择，对于这点，他对女儿有信心。

"徐楚楚"不理解自己怎么会在这么短的时间里回忆起这么多的事情。

时间一分一秒地过去，"徐楚楚"依旧紧紧地保护着小男孩，但他并没有感觉到背后受到了撞击，难道游戏已经重启了？

"徐楚楚"尝试着睁开双眼，他清楚地看到小男孩还在自己的怀里，他回头看向大卡车，发现大卡车竟已撞向了路边的水果摊，万幸没人受伤。

正在"徐楚楚"不明白到底发生了什么之时，一个身材已经变形的中年妇女愤怒地一把将小男孩从"徐楚楚"的怀里拉出，随后中年妇女对着小男孩就是一耳光。

"我要你瞎跑！"中年妇女连谢都没谢一句拉着小男孩的耳朵就走了。

这时有个手持自拍杆好像正在直播的妖艳女人凑到了"徐楚楚"的面前。

"你好！我是惊天动地直播网的主持人佳佳！你刚才的英勇行为已经被我直播到整个网络了！所有网友都为你的牺牲精神点赞！请问

到底是什么促使你这种舍己为人的行为？"女人噼里啪啦地说了一大通，"徐楚楚"只听见了"点赞"两个字。

半天才回过神来，"徐楚楚"猛地转了转眼珠，随即他掏出手机翻出微信二维码对着女人的手机镜头摇了摇。

"这是我微信二维码，麻烦大家加我好友顺便帮我点赞！麻烦镜头靠近一点！"

妖艳女人将手机镜头几乎贴在了徐楚楚的手机上，很快徐楚楚通信录里就冒出了无数个新的好友。

"我要感谢党和政府，还要感谢社区送温暖和新闻联播，更要感谢国家给我带来的中国梦，最后我还要感谢……哎，一百个赞了！"

余先生的
五次人生

6　小赵

徐天耀离开女儿那关的时候集齐了五百个赞,他总算是理解了这个世界上原来还是有钱解决不了的问题。

徐天耀回到游戏选择界面的时候脑子还是蒙的,他看着游戏界面满目的灰色和飘浮在空中的那几张贴纸脑子里乱得一塌糊涂。

"欢迎进入'贴纸游戏'下一关。"那个与苹果手机里SIRI几乎无异的声音再次出现。

"我知道错了还不行吗?就不能放我出去吗?"徐天耀感觉自己的心力和体力几乎都已经走到了尽头。

"游戏开始。"

空中的四张贴纸飞舞着洗牌,随后最右边一张贴纸飞到了徐天耀的胸口,他看了看贴纸上的名字就说了一个单词:

"Fuck!"

小赵是徐天耀的秘书,大学时第一次来上海,高中之前小赵一直都在国内一个不知名的小县城生活。小赵父母很早就过世了,他是奶奶一手带大的。小赵来上海上大学时就和奶奶商量着卖掉了县城里的一切,才勉强在上海租了个迷你小户型。虽然上海比不了家乡的依山傍水,但这里是上海,一个一切皆有可能发生的地方。在老家,小赵看过了太多的不公和绝望,所以小赵发誓,就算要饭也要待在上海。小赵的生活几乎就是中国很多小镇青年的真实写照,后面没有退路,前面没有归途,一切的一切,都随风飘荡。

徐天耀看到自己变成小赵的模样出现在公司门口时,差点崩溃。

人类的愚蠢是没有底线的,徐天耀依旧扯了扯胸口的贴纸,依旧只见其形无法触碰。

"小赵"摸了摸自己的脸,这是一张瘦弱而棱角分明的脸颊。小赵通过写字楼的反光看到了自己脸上永远都抹不去的中国式"农村灰",那是一种由于长时间日晒造成的永久性肤色。这种肤色包含着中国农民所有的辛苦和无奈,从来没有哪个国家的人会对生产粮食的人群拥有如此大的鄙视和抵触情绪。"小赵"甚至不理解那些城市人和乡下人所谓的不同到底是本质上的区别还是浮华上的虚无?大家都是黄种人,为什么要在心里分门别类?

"小赵"正在发蒙之时,他手腕上的电子表闪了闪然后出现了数字100的字样。

"欢迎来到本轮游戏,本关游戏规则,满足上司一百个愿望。"空中依旧是那个温馨的女声。

"小赵"冲着天空看了看,他甚至判断不出这个声音到底来自外界还是自己的脑子。

这时"小赵"的手机响起,那是一部老式的苹果手机,手机来电显示两个字"怪兽"。

这个"怪兽"到底是谁?变成"小赵"的徐天耀完全没有头绪。不过他刚刚接通手机就听到了一个熟悉得不能再熟悉的声音。

"你还想不想干了?"手机里发出了徐天耀毫无理由的怒吼,"小赵"比谁都清楚,"自己"基本就是徐天耀的一个撒气桶。

"小赵"看了看手机上的时间。

"我好像没迟到吧?"

"别跟我废话!五分钟之内不出现在我面前你就不用干了!"电话里徐天耀强势地喊着。

当"小赵"满头是汗出现在徐天耀面前的时候,徐天耀只轻轻地对他说了一句话:"三明治不要青菜,黑咖啡,《经济早报》,给你十五分钟。"

"小赵"愣了愣,虽然这的确就是自己的作风,但现在"小赵"还是设身处地说了一句:"你急着要我来就为这个?"

徐天耀撇着嘴鄙视地看了看"小赵",说:"你不想干就滚回你的农村去,外面等着替你的人都排到黄浦江了!"

"是小镇,不是农村。"

"有区别吗?"

"当然有区别,农村指的是……"

"别他妈废话!我饿了!"徐天耀蛮横不讲理地说。

现在"小赵"其实还没有完全转换角色,他的灵魂依旧是徐天耀自己,所以徐天耀的暴脾气一下子就上来了。

"老子不干了还不行吗?你以为自己是个什么东西!"

"小赵"瞬间回到了写字楼的前面,手腕上的电子表依旧显示着100,空中如人所料地传来了那个温柔的女声:"游戏重启,本轮游戏规则之一,不许在任何情况下反驳上司。"

这时"小赵"的手机再次响起,来电显示依旧是"怪兽"。

"你还想不想干了?"电话那头依旧是徐天耀没道理的声音。

"我知道了,你要三明治不要青菜,黑咖啡,还有《经济早报》

是吧？"

电话那头沉默了一小会儿。

"你怎么知道？"

"你哪天早上不是要这些鬼东西，十五分钟之后给你送到！""小赵"愤愤地挂上了电话然后四处看去，这时"小赵"才意识到平日里都是他在给"自己"买早餐，徐天耀自己甚至都不知道早餐店在哪里。

如果"小赵"没有在徐天耀规定的十五分钟之内将早餐送到，游戏就会重启——没错，贴纸游戏规则就是这么残酷。

游戏在大概三个超时重启之后，"小赵"总算知道了距离公司五分钟的地方有家星巴克。

这是"小赵"第四次满头大汗地出现在了星巴克收银员的面前。

"欢迎光临星巴克，请问需要什么？"收银员满脸微笑地问。

"三明治不要青菜，黑咖啡，还有请问免费的报纸在哪儿？"小赵气喘吁吁地问。

"报纸在前面拐角，三明治不要青菜……"收银员看了看面前的电脑，"……对不起，黑咖啡卖完了，拿铁可以吗？"

"小赵"全身汗透跑到徐天耀面前的时候正好距离十五分钟还差

30秒，"小赵"总算是舒了口气，将早餐交到了徐天耀的面前。

徐天耀很拽地接过装有早餐的纸袋看了看。

"嗯？怎么不是黑咖啡？"

"黑咖啡卖完……"

"小赵"再次遭遇游戏重启。

"游戏规则之一，需要百分之一百完成上司的任务。"

"我靠！还有没有天理！还有没有王法！""小赵"对着天空怒吼着。

"小赵"的手机再次响起，"怪兽"再次来电。

"小赵"第二十八次出现在星巴克收银员面前的时候差点哭了。

"欢迎光临星巴克，请问您需要什么？"收银员第28次满脸微笑地问。

"小赵"二话没说，掏出三张一百块放到了收银员的面前。

"三明治不要青菜的，无论如何给我一杯黑咖啡！不然我死给你看！"

"黑咖啡我们有的，但是三明治好像没有了。"

"小赵"眼前一黑，晕死了过去。

"小赵"已经不记得游戏重启了多少次，反正他总算是完成了徐

徐先生的五次人生

天耀下达的缺德任务，自己手表上的数字也总算从100变成了99！小赵琢磨着这一项任务就如此磨人，剩下的99项，这不是坑爹吗？

徐天耀是CEO，所以他很喜欢玩CEO的派头。徐天耀在公司里无论走到任何地方都会让小赵跟着随时记录，甚至包括上洗手间他都会让小赵距离自己半米左右，随时迎接自己的奇思妙想。

"这次开会的议题，共享汽车C轮跟进，华伦投资股票全部抛掉，那就是个空壳公司，橘子科技A轮我们需要再讨论，还有什么来着？"徐天耀正坐在马桶上对着门板外的"小赵"讲话。

门外的"小赵"正用卫生纸塞着鼻孔艰难地记录着，"小赵"现在最想做的是就是抽"自己"几耳光。

一阵马桶的冲水声之后，徐天耀提着裤子从卫生间档口出来了。

"共享汽车C轮跟进这件事需要和索宁公司的人……"

"老大，我个人建议共享汽车C轮我们就别跟进了，现在市场饱和超过百分之五百了。""小赵"几乎是本能反应地建议了一句。

徐天耀鄙视地看了看"小赵"。

"什么时候轮到你提意见了？"

"小赵"感觉眉头一紧，他低头哈腰地皱眉看了看腕表，还好游戏并未重启，腕表上的数字依旧是99。

"老大，我知道错了！""小赵"很想哭。

"小赵"有一项工作就是在每次徐天耀开会的时候他都会负责会议室的茶水。由于徐天耀平日里对茶叶还有一点研究，所以徐天耀对茶叶淡了还是浓了都有一定的要求，不过这个看似简单的要求实操起来超级磨人。"小赵"一共经历了三十几次游戏重启才达到了徐天耀的要求。徐天耀总算是知道了平日里的自己到底有多变态！明明凉白开可以解决的问题徐天耀非要玩出花来！明明是可以电子存档的资料，徐天耀非要"小赵"打印出来，然后分类装订成册，放到一间无人办公室留存，然后徐天耀为了所谓的开源节流，几乎要求所有的办公用品都不存留，而是随时随地要"小赵"去批发市场补货，不过好在虽然游戏不停重启，但不论"小赵"为徐天耀做什么，他手表上的数字都会减1，转眼间手表上的数字就变成了70。"小赵"粗略一计算，一天的工夫徐天耀竟然要自己做了三十件事，这种剥削简直超过了旧时的奴隶主！

好不容易熬到了下班时间，"小赵"终于得闲扶着墙给自己倒了杯凉白开咕咚咕咚喝了下去，"小赵"狠狠地看了看墙上的钟，时间指向了晚上的七点，距离下班时间早已过了一半个小时，"小赵"觉得待会儿下班之后自己什么都不干，就这么躺着就已是人生最大的幸福。

徐先生的五次人生

"小赵，人呢？"

"小赵"正美着，耳边传来了徐天耀摄魂夺魄的声音！

"小赵"看着腕表深深吸了口气，迈着沉重的步伐去向了徐天耀的办公室。

"小赵"再再再再再次出现在徐天耀面前的时候，徐天耀嘴里正塞着一个巨无霸汉堡。

"光吃这个有点干，你现在去星巴克帮我买杯混合果汁。"

"老大，公司规定五点半下班，现在七点了。""小赵"感觉各方面都已经透支了，自己需要休息。

徐天耀又嚼了几口汉堡，无所谓地说："公司就是你家，你下班也是回家，要不你现在去上海人才市场门口看看，那里有成千上万的人等着你下岗。"

徐天耀正说着，"小赵"感觉自己的手表振动了起来。"小赵"抬起手表看了看，上面竟然显示警告的字样，他明白这是系统在告诫自己如果再反驳徐天耀，游戏又会重启。他知道如果游戏真的重启，自己肯定会死在徐天耀面前，所以他只好选择忍耐。

距离公司最近的星巴克停电检修，"小赵"只好去到了距离公司五公里之外的星巴克，为徐天耀买了杯所谓的混合果汁。

等到"小赵"提着冰块已经融化的混合果汁来到徐天耀办公室门口时，竟然发现门锁着。

"小赵"疲倦地掏出手机拨打"怪兽"的电话，他现在感觉将徐天耀的号码标识为"怪兽"已经算是非常大的善意了，要是依自己的意思，应该将徐天耀的名字编辑为"混蛋""恶魔""活见鬼"，或者更加恶毒的字样。

"老大，混合果汁买来了，你人呢？""小赵"拨打"怪兽"的手机质问。

"我临时有事先走了，你留着自己喝。"说完"怪兽"挂上了电话。

"小赵"气得直接将饮料扔到地上踩了又踩，这可是自己前后忙了近一个半小时才买回的该死的混合果汁！徐天耀这家伙竟然一句话就把自己给打发了！徐天耀就是这么一个如此卑鄙无耻让人感到极度恶心的家伙！

"小赵"气得准备把电话也扔地上砸了，但这时"小赵"才发现自己的手机上竟然有三个未接来电全部显示"奶奶"。

"小赵"回拨了奶奶的电话，很快一个老太太的声音就从手机听筒传来。

徐先生的五次人生

"欢欢，几点下班？"

小赵的全名叫赵欢，所以对方称呼自己"欢欢"，"小赵"也并未感到奇怪。

"下……已经下班了。""小赵"好奇地看了看手机。

"下班了赶紧过来帮奶奶的忙，有些东西奶奶拿不动。"

在上海一条不知名的小巷里有一条不知名的夜市，这是"小赵"今天才知道的，然后他还知道了原来这条自己每天补贴家用的夜市距离公司竟然这么远。

"小赵"见到奶奶的时候她已经摆好了摊位，这是一个由各种廉价小商品组成的摊位，摊位的编号是112，也就是说这个摊位要和夜市里一百多号摊位抢生意。

"小赵"的奶奶很老，但她的手脚却是如此灵活。

"欢欢，帮忙把袋子拿过来。""小赵"的到来并未引起奶奶的任何改变，看样子这种情况已是常态。

"小赵"左右看了看，在一个木椅的上面看到了一个硕大的塑料袋，他几乎用尽了全身的力气才将塑料袋抬起，他真的无法想象单凭奶奶一人之力怎么将这些东西弄到这里的。

"我们家每天都这么摆摊吗？""小赵"将塑料袋放到了奶奶面前。

"你爸妈走得早,你又没结婚,家里要努力多存点钱。"奶奶低头整理着塑料袋里的小商品。

"您……今年贵庚?"看着奶奶满脸的皱纹"小赵"实在忍不住问了一句。

奶奶抬头用满脸的皱纹冲着"小赵"笑了笑,虽然奶奶已经老得不成样子,但她眼中却透露着对"小赵"的疼爱。

"傻孩子,上个月你不是才给奶奶过完八十大寿吗?"

这么说奶奶已八十一了?

"小赵"忽然感觉到了一阵心酸,他忽然想起了自己的奶奶。那个时候奶奶几乎承担起了抚养徐天耀的一切,徐天耀的奶奶就是在小赵奶奶的这个年纪过世的,过世的原因是身体各个器官的正常衰竭。那个晚上徐天耀哭了一夜,奶奶在徐天耀的记忆中是一切美好的根源。

"小赵"注视着奶奶虽然灵活但却老迈的双手,看着那些十块钱都可以还价成二块钱的顾客,心底不觉泛起了阵阵的酸楚。

一晚上下来,除开夜市的租金和管理费竟然连百元的利润都没有,不过奶奶还是笑着对"小赵"说:"现在天冷,逛夜市的人不多,天暖就好了。"

徐先生的五次人生

　　小赵奶奶的乐观就和徐天耀的奶奶一样，她们那代人身上对生活有着一种无畏的洒脱，她们几乎不会抱怨，只会一个劲地诉说当下的好。这种乐观和无畏在当代年轻人的身上已经消失殆尽。现在的年轻人除了抱怨就是抱怨，就好像这个世界真的亏欠他们。

　　夜市晚上十二点才收摊，好几次奶奶都要"小赵"先回去休息，但"小赵"不肯。其实"小赵"很喜欢和奶奶待在一起的时光，因为小赵奶奶的一切都让徐天耀感觉自己的奶奶还在世。那种数钱时对每分每厘的珍惜，那种待人接物时永远的祥和，那种就算生意不好也会微笑面对的乐观，那种情愿自己劳累也不愿孙子受苦的怜爱……这一切的一切都让徐天耀心底对奶奶的回忆一幕一幕地浮现出来。

　　凌晨一点多，"小赵"才陪着奶奶回到了那个破旧而又潮湿的小家，这是一个前后不到八平米的房子，一张高低床和一张饭桌几乎就将整个屋子占满。

　　"衣服都烫好了。"奶奶指了指伸手可及的墙壁。"小赵"看到了几套平日工作时穿的衣服，随后还看到了墙上唯一的那张照片。照片里应该是初中时的小赵和父母的合影。照片的背景是一片干净的稻田，稻田的背后有着高山和蓝天白云，照片里的天空有着一种触及人心的干净。

"早点休息,奶奶把衣服洗完了就睡。"说话间奶奶走向了门口的公用水龙头。

"小赵"看着奶奶月光下的侧影,鼻子一酸眼睛一红,泪花忍不住滑落了出来。

太辛苦了!小赵这小子太辛苦了!这就是徐天耀现在内心的真实想法,徐天耀忍不住掏出手机将"怪兽"的名字改成了"禽兽"。

大概早上六点,睡在上铺的"小赵"感觉自己的脑袋好像刚刚接触到枕头就看到了"禽兽"打来的电话。

"赶紧来公司,欧洲股市大跌!计划需要重新制订!"电话那头的徐天耀咆哮着。

"小赵"看了看时间,早上五点五十九分,自己肯定没有看错。

"老大,现在来公司也没车啊?"

"你直接打车来,公司报销!快快快!"

小赵住的地方正常坐车也需要一个多小时才能到公司,平日里小赵都是坐地铁,所以时间上也算有规律也不存在堵车,但今天徐天耀这样催命地要自己赶去公司应该是出了大麻烦。

"小赵"太累了,以致一坐上的士说出目的地后竟然睡着了,等到"小赵"醒来的时候还在堵车,他一看时间差点吓得破车窗而出。

"小赵"是六点三十上的的士,现在竟然已经八点了!自己的手机上有大约10个"禽兽"的未接来电,"小赵"都好奇游戏怎么就没重启?

　　出租车堵在了距离公司大概2.5公里的地方,"小赵"下车一阵百米冲刺总算是到了公司的楼下,这时"小赵"才敢将"禽兽"的电话回拨。

　　"老大,不好意思!刚刚在车上睡着了,我已经到楼下了!"

　　"你是不是想死?你是不是活得不耐烦了?你知不知道现在有多少人等着你的位子?"电话那头的徐天耀正如"小赵"所料咆哮着。

　　"对不起!对不起!都是我的错!现在股市情况怎么样了?""小赵"追问。

　　"欧股现在又涨回来了!计划不用改了!你现在赶紧去买份三明治不要青菜,黑咖啡和《经济早报》,十五分钟之内送到我面前!"

　　再帮徐天耀买这些该死的早餐"小赵"就有经验了,他几乎只用了十分钟就提着早餐进入了公司的电梯,不过在电梯里"小赵"接到了一通他永远都不想接到的电话。

　　"喂?……没错,是我奶奶……什么?脑溢血?"

医院打电话通知"小赵"他奶奶在半个小时之前脑溢血紧急入院,是街坊叫的救护车,"小赵"的心从刚刚的平和又跌入了深渊。

"小赵"几乎有些麻木地提着早餐袋步入了公司,他远远就看到徐天耀在一群人的簇拥下朝着自己这边走来。

"今天港股开盘升了60个点。"

"全部抛掉,索罗斯马上要阻击香港股市。"

"长青集团开盘跌停。"

"全盘买进,明天长青集团会宣布重组。"

正在徐天耀傲气地为手下解决各种难题时,小赵满脸焦急地出现在了他的面前。

"老大,我奶奶脑溢血住院了,我需要请一天的假!""小赵"感觉现在这一幕异常地熟悉,他经过自己的小脑袋努力回忆才想起曾经的"自己"的确听过小赵说过同样的话。

徐天耀鄙视地看着"小赵"。

"你知道今天什么日子吗?你奶奶的病重要还是公司利益重要?你一个农村出来的小伙子能在上海混成今天这样得多大努力?难道你想因为这件事就归零?"

徐天耀就差没一口唾沫吐在"小赵"脸上了。"小赵"的小宇宙也因为徐天耀的毫无情面不讲道理彻底爆发了！他感觉胸口有一股子怒气一定要爆出来！不管游戏会不会重启，不管自己有没有前途，反正徐天耀这小子一定要打！

"小赵"先将手里的早餐发疯似的扔到了徐天耀的脸上，然后尖叫着冲过去一把将徐天耀按在了地上，就在"小赵"的拳头几乎快要触及徐天耀的肥脸时，游戏重启了。

"小赵"瞬间移动回到写字楼门口的时候，拳头还紧紧握着。

"攻击上司，游戏重启。"空中温柔的女声提醒着。

"老子现在不打徐天耀老子就不是人！""小赵"咆哮着冲进了写字楼，但每次他冲进写字楼之后就又回到了游戏的原点。小赵就这样来回冲刺了大概有五十多回，最后"小赵"累得几乎只能在地上爬行。这时迈克陈竟然不失时机地出现在了"小赵"的面前。

迈克陈微笑地蹲在了累趴在地上的"小赵"面前。

"请你尊重游戏规则，不然永远到不了下一关。"

"老子不打徐天耀这口气消不了！"趴在地上的"小赵"依旧咆哮着。

"要不你打我吧？"迈克陈微笑着说，随后将脸伸到了"小赵"的面前，"小赵"顺势一拳头过去。

"小赵"的拳头扑空，原来游戏里的迈克陈一直都是全息影像。

"你气的这个人就是现实中的你自己，所以希望你少安毋躁，游戏继续。"迈克陈打了个响指随后消失无踪。

"小赵"又向着写字楼冲击了大概有二十次，总算是体力透支消停了，这时"小赵"才意识到应该赶紧给奶奶打电话询问情况，电话接通之后那头传来了奶奶慈祥的声音。

"欢欢，怎么了？"奶奶关心地问。

"小赵"这时才意识到游戏开始的时间应该是在奶奶脑溢血的二十几个小时之前。

"奶奶……""小赵"想说什么，但眼泪却止不住地下来了。

"傻孩子，哭个什么，总会有办法的。"

"奶奶，我……""小赵"泣不成声地最终说了句多年以来自己一直想对奶奶说的话"……奶奶，我想你！"

"小赵"本想在电话里诉说自己对奶奶的全部思念，怎奈"小赵"刚刚准备开口，"禽兽"的电话竟然插拨了进来。

"你还想不想干了？现在都几点了？五分钟之内不出现在我面前就给我滚！"

要是手机可以咬人，徐天耀此刻肯定被"小赵"碎尸万段了。徐天耀这家伙到底有多讨人厌，不站在别人的角度是永远无法体会的。

"小赵"现在最后悔的就是那句自己日常说得最多的话："我又不是你，怎么可能知道你的感受？"这下好了，报应一个接着一个地全来了！要是真的可以死，"小赵"早就登上写字楼的天台一跃而下，看来迈克陈对自己说的那句"玩这游戏也许比死还难受"真是一点儿都不夸张！

徐天耀在"小赵"这关耗了至少有十天，每天"小赵"都被徐天耀各种非人的折磨，不过好在电子表的数字一直都在顺利地变化。

"冰红茶不要甜的。"

"天后演唱会帮我订三张第一排的位子。"

"乔丹来上海，帮我要张签名。"

"有客户想去海洋馆吃消夜，帮我搞定。"

"这些资料下午帮我送去武汉。"

"黄总的狗带出去遛遛。"

"你说月亮到底摘不摘得下来？"

……

各种各样，千奇百怪，"小赵"都不明白徐天耀到底是怎么想出这些奇葩点子的。"小赵"甚至回忆起了自己刚刚进入公司实习的那会儿被上司各种为难的往事。他自我进行了一个简短而透彻的心理分析，这应该就是徐天耀当初进入公司各种受压迫最后翻身做主人的后遗症。

好不容易，"小赵"将一个三米高的梯子送到徐天耀办公室帮他拿下了飞到吊顶上的乒乓球之后，他的电子表终于显示出了数字"1"。

"需不需要我去买杯饮料或者晚餐什么的？""小赵"希望尽快脱身。

"不用，我已经很饱了。"徐天耀拍了拍自己的大肚子。

"需不需要我再去遛狗什么的？""小赵"继续追问，他无法预计第二天徐天耀又会玩出什么幺蛾子。因为上次和上上次"小赵"都是在数字30和20之间重启的，所以这次拼了老命经历三生三世十里恶心迎来的数字"1"，自己怎么可能就这么轻易放弃？

"以后都不用遛狗了，黄总的狗吃巧克力消化不良死了。"

"那需不需要我再去订张演唱会门票或者包下海洋馆什么的？""小赵"有些急。

徐天耀斜着眼睛看了看"小赵"。

"不对啊，事情有蹊跷。"

"什么蹊跷？""小赵"故作无知地反问。

"你平时可不是主动找事做的人？今天这是怎么了？"徐天耀上下打量着"小赵"。

"我……""小赵"眼珠子转了转，这简直就是和自己斗智斗勇，"……其实有件事我不想说的。""小赵"准备出绝招。

"你说！"

"我上个星期去医院检查，医生说我得了绝症，可能活不过一年了，所以我想为公司多做点事。""小赵"眨着小眼睛对着"自己"说谎。

徐天耀有些意外地看了看"小赵"，如果是个正常人都会关心对方的病情，但徐天耀却说："怎么不早说？有件事我本来不想让你做的，但你都这样了，算了，便宜你了。"

"小赵"跟在徐天耀的身后来到了公司楼上的仓库区，仓库区是个将近100平方米没有窗子的房间。徐天耀将房间里的灯打开，"小赵"看到仓库里摆放着大大小小至少上千个纸箱。

徐天耀冲着纸箱指了指，说："这些是公司近十年的客户资料，反正你为公司做贡献的机会也不多了，这些资料都没录入电脑，你死之前把这些都输入电脑存档。"

"小赵"看着大大小小上千个纸箱，每个纸箱里至少有五百页以上的文件，"小赵"感觉自己快疯了。

"你说的是扫描进电脑还是输入进电脑？"

"公司扫描仪坏了，你就一份一份仔细地输入吧，估计这段日子你要住在公司了。"

"小赵"强忍着自己的怒火，一千个纸箱，一个纸箱有500张文件纸，也就是说一个正常人按照正常的打字速度将面前这些所有的文件输入电脑至少需要两个月的时间。

"我快死了，你让我做这个？"

"只要你还没被公司开除，活是公司的人，死是公司的鬼。再说是你自己要求做事的，又不是我逼你，你可以选择不做，不过明天公司就会开除你，我可是可怜你怕你没医疗保险，死了没钱埋。再说你好像还有个八十岁的奶奶吧？你要是死在她前面，要她出钱给你办后事可就不好了。"

听着徐天耀的话"小赵"差点冲动地过去一口咬住其喉咙将其抽筋扒骨，然后再将其鞭尸一百天！"小赵"简直无法想象现实中的自己竟然如此无情和缺德！

"怎么？做还是不做？你放心，公司管饭，饿不死你。"徐天耀又添了一句。

徐先生的五次人生

"我……""小赵"愤怒地握起了自己的拳头,"……做!"

徐天耀鄙视地撇了撇嘴,然后面无表情地走出了仓库区。"小赵"最后听到徐天耀说的话就是他在走廊里说的。

"真是麻烦,明天又得招新秘书!要死死远点儿!别他妈给我添乱!"

"小赵"差点把自己的牙齿咬碎。

"小赵"计算得没错,他吃喝拉撒睡都在公司,其间每天还要帮奶奶去夜市出摊,真的整整用了两个多月才输入完所有的资料,幸好这两个月里奶奶安然无事,不然自己肯定早就游戏重启了。"小赵"已经做好了进入下一关的准备,但意外还是发生了。

就在"小赵"准备进入徐天耀办公室交差的时候,他再次接到了奶奶的来电。

"是赵欢吗?"电话那头传来了一个陌生的声音。

"你是谁?奶奶呢?"小赵关切地问,这几个月的游戏时间里,"小赵"已经将奶奶当成了自己的亲奶奶。

"你奶奶被人打了,你赶紧来市医院。"

奶奶被人打了?"小赵"当即感觉胸口被人捅了一刀,此仇不报非君子!"小赵"感觉自己的小宇宙再次爆发,就在他准备撒开脚丫子跑向市医院时,徐天耀再再再再再次出现在了他的面前。

"去哪儿?工作完成没有?""小赵"在徐天耀的脸上看不到"人性"两个字。

"我奶奶被人打了,我去去就回!""小赵"转身准备跑,但被徐天耀一把拉住。

"哎,慢着慢着……"徐天耀不紧不慢地挡在了"小赵"的面前,"……你这个理由找得还挺新鲜的,你奶奶多少岁了?"

"我说的是真的,我奶奶八十了!""小赵"表现得坐立不安,他感觉自己看到徐天耀已经有了生理反应上的恶心。

"八十?谁会打一个八十岁的人?"

"我怎么知道!""小赵"现在哪还有心思跟徐天耀废话,他恨不得一步跨到奶奶的身边照顾她。

"要不我跟你一起去?"徐天耀满脸的笑意,他就等着"小赵"难堪。

"你跟我去?"

"怎么?心虚?"

"走!"

徐天耀在路上开着车不紧不慢地走着,"小赵"急得汗珠都下来了，他朝外看了看，畅通无阻。

"能不能开快点？"

"难道你想谎言早点揭穿吗？"徐天耀故作姿态地转头看了看"小赵"。"小赵"捏拳看了看手表上的"1"，将这口气忍了下去。

"听歌吗？我这里邓丽君的歌还不错。"说话间徐天耀还真在车里播放了一首邓丽君的《甜蜜蜜》，"小赵"感觉自己的肺部随时会爆炸。

原本十五分钟的车程徐天耀硬是开了有半个多小时，当他赶到奶奶病床前面的时候，一眼看到了奶奶额头上的绷带。也不知道是昏迷了还是睡着了，奶奶一直躺在床上不动。这时一个白大褂过来。

"你是？"

"我是她孙子，我奶奶怎么了？""小赵"急切地问。

"刚刚才睡着，就是额头上有点轻伤，不过问题不大。"医生解释。

"怎么回事？"

"听人说你奶奶刚刚在夜市和人发生了一些口角。"

"怎么可能？我奶奶一向与人无争！""小赵"不信。

"我听说啊，只是听说，好像有人找你奶奶要保护费，你奶奶不给，所以就……"

被医生这一提醒，"小赵"脑海里闪过了几个人影，虽然他和奶奶才共处了几个月，但是他知道夜市那几个整天敲诈勒索的小混混，不是没人报过警，但一直没人有实质性的证据，再加上每次这些混混敲诈的金额都不是很大，所以大伙儿也都睁一只眼闭一只眼。不过这次，这些该死的小混混竟然欺负到了奶奶的头上，"小赵"感觉自己胸口一股子热血涌了上来。

这时"小赵"看到了身后的徐天耀，徐天耀正用一种尴尬的目光注视着病床上的奶奶。

"这回你信了吧？""小赵"质问。

"这不会是你请的临时演员吧？"徐天耀说这话时自己往后退了一步，他怕"小赵"打自己。

"你当我老板这么久，有没有帮我做过一件事？""小赵"渴望唤醒徐天耀心底的良知。

"你想干什么？"徐天耀又往后退了一步。

其实"小赵"也没提什么过分的要求，他就是要徐天耀开车送自己去夜市，"小赵"决定找那帮孙子算账，虽然他知道现在所处的是个虚拟世界，但他切切实实地感觉到了五脏六腑都在沸腾！奶奶的这

徐先生的五次人生

口气自己一定要帮她出！

很快徐天耀的车就停在了夜市的入口。

"这是什么地方？"徐天耀好奇地问了一句。

"我为你打拼了这么久，你是不是连我住哪儿都不知道？""小赵"反问了一句。

"你这话什么意思？"徐天耀好似脾气也上来了。

"你如果还是个男人，就跟我一起进去！我也算不枉认识你一场！"

"小赵，你奶奶被人打我也感到难过，我曾经也和奶奶的关系很好，但是暴力是解决不了问题的。"徐天耀找理由逃避。

"我就问你一句话，如果你的奶奶被人打了，你会就这么算了？""小赵"注视着徐天耀的眼睛，他相信徐天耀做人还是有底线的。

"我……我没遇过这种事啊。"

"小赵"最后看了眼徐天耀，心说"自己"真是个不争气的东西，他一甩手，下了车。

"小赵"一下车，远远地就看到了那几个整天混迹在夜市的小混混。这帮小混混总共也就五个人，一个个长得膘肥体壮的，全身都是文身。

"小赵"一见这几位,胸口里的气就按捺不住了,他四下寻找着可以用来当武器的家伙,找来找去,只找到块砖头。他抄起砖头就准备往夜市里冲,这时徐天耀忽然出现一把拉住了"小赵"。

"你这不是去送死吗?"

"你松手!""小赵"一甩开徐天耀,笔直冲向了块头最大的那个小混混,他一回想起奶奶额头上的绷带就感觉自己天不怕地不怕了。他知道自己也许打不赢这五个家伙,但至少可以让其中一个永远记住自己。

人在发火又或者是准备行凶之前周身都会散发着一股子气场。那五个混混成天在外面混,对这种气场自然很了解,所以"小赵"手里的砖头还没落下时就被人从侧面一脚踢翻在了地上。

"嘿,老大!这小子是不是找死?"一脚踢翻小赵的黄毛混混坏笑地注视着地上的"小赵"。

"小赵"在地上滚了一圈,不过他手里的砖头还未放手,随后他再次站起冲向了踢翻自己的黄毛。黄毛还没动手,"小赵"就感觉自己的背后出现了一股子劲风,他心说这下子坏了,一定是自己背后遇袭了。但是这时小赵忽然看到几个小混混都惊异地看向了自己的身后,他快速转身,看到徐天耀手里拿着一根木根,地上躺着个东北文身男，没想到徐天耀竟然帮了自己，他的心中泛起了一阵暖意。

大概五分钟之后，"小赵"和徐天耀被几个小混混五花大绑地带到了一条无人的背巷。

"不关我的事，我是路过的！"徐天耀满脸伤痕地跪在地上恐惧地嘶吼着。

"再喊小心老子阉了你！"黄毛小混混在徐天耀面前挥舞着匕首，徐天耀彻底认怂了。

"说！我们和你有什么仇？"黄毛小混混用匕首抵住了"小赵"的脸颊。

"你们他妈打了我奶奶！""小赵"歇斯底里地嘶吼了一声。

"你奶奶？"黄毛和另外几个混混交换了一下眼神。

"哦，我想起来了！就是112号摊位那老家伙！"一个满脸横肉的混混说了一句。

"那个老东西？他妈的我们找其他摊位都要的是三百，找她只要两百，这也算是尊老爱幼了吧？"混混老大冒了一句。

"我奶奶那么大年纪你们也欺负？你们还他妈是人吗？""小赵"咆哮着。

"老大，要不咱们先削他一刀，让他长长记性？"黄毛混混用刀在"小赵"脸上轻轻划了划,他脸上出现了一道明显的血丝印记。

"算了,老子看他也是个孝子!让他跟咱们道个歉赔个不是就放了他们!"老大发出了指令。

"小赵,赶紧道歉!这事就这么过去了!"一直没出声的徐天耀哭丧着嗓子来了一句。

"我他妈跟他们道歉?老子就是死也要把这个公道讨回来!"小赵继续吼着。

"小赵,这几位大哥都是明事理的人!赶紧道歉!"其实徐天耀看到黄毛掏出匕首的那一刻已经慌了神。

"这他妈算不算你的一个愿望?""小赵"忽然高声问了一句。

"算,这就是我现在最大的愿望!赶紧道歉!"

"小赵"虽然心里明白自己这一道歉应该就可以过关了,但人就是这样,有些心理上的坎无论如何都过不去!"小赵"几次想要尝试着开口道歉,但他连眼泪都下来了就是说不出口。他觉得自己现在要是装孙子道歉了不光会让自己失望,也会让奶奶失望,所以"小赵"一声怒吼拔地而起埋头冲向了混混老大。

"老子跟你同归于尽!"

不出意外地,游戏重启了,"小赵"手表上的数字再次变成了100。

这次游戏重启后,"小赵"直接就近捡了一块砖头坐上了一辆的士。

"玉林夜市……""小赵"的话还没说完,游戏再次重启。

"小赵"的倔强让他在这个环节上重启了五十多遍,要不是奶奶打来的那个电话,"小赵"还不知道自己会坚持多久。

"欢欢,你在哪儿?"

"奶奶……"一听到奶奶的声音,"小赵"的眼泪又下来了。

"你怎么了?"电话里的奶奶关切地问。

"奶奶,您没事吧?""小赵"感觉自己在剧情衔接上还没转换过来。

"奶奶能有什么事,奶奶就是打电话要你今晚回来的时候顺便带点盐。"奶奶温柔地说着。

"奶奶,没有人欺负您吧?""小赵"继续心不安地问候着。

"你怎么忽然问这些?"奶奶的语气透露着担忧。

"我担心您,我现在没能力让您享福,我觉得我对不起您!"其实这是徐天耀多次在梦里对奶奶说过的话,这次只是借着小赵的口表达了出来。

"傻孩子,你有什么对不起我的?应该是奶奶对不起你,奶奶这么大年纪了还拖你的后腿，真是……"

奶奶电话还没说完，"禽兽"的电话又插进来了。

"臭小子怎么还不来？三明治不要青菜，黑咖啡，《经济早报》，给你十五分钟。"徐天耀依旧在电话那头耀武扬威着。

奶奶的电话让"小赵"冷静了下来，现在奶奶暂时还没受到坏人的欺负，"小赵"决定暂时开启地狱模式任由徐天耀摆布。

这次"小赵"进行得很顺利，因为他对徐天耀的各种变态要求几乎都应付了不下百遍。不知不觉间，"小赵"的手表上数字从100顺利变成了1。

徐天耀的最后一个要求依旧是要"小赵"整理那一千多个放在仓库的资料箱，这次"小赵"也算是做得没脾气了，不过"小赵"在又花了两个多月时间顺利整理完资料之后，并没有第一时间跑去徐天耀那里交差，而是跑回夜市找了奶奶。

"小赵"忽然感觉自己有些舍不得离开这关，不为别的，虽然小赵和奶奶在一起的生活很苦，但苦中却蕴藏着中国人最深层的感情，这种徐天耀感觉自己已经遗忘多年的亲情让他有了一种狠不下心离开的牵挂。虽然徐天耀清楚现在自己所处的只是一个所谓的虚拟地球，但从某种意义上来说，真实的世界又何尝不是所谓的"虚拟地球"？

徐先生的五次人生

"小赵"远远就看到奶奶一个人在艰难地整理着夜市的货架。奶奶戴着老花眼镜一根一根地将复杂而又烦琐的金属货架拼装起来,然后将那些根本就不值钱但却支撑着奶奶梦想的小商品整齐地放置到了货架上。其间奶奶不时拍打着自己的后背和双腿。"小赵"看得出来,奶奶现在每一个动作都显得那么艰难,他感觉鼻子再次酸楚了起来,他想要尽快过去扶住奶奶,不想奶奶再遭受片刻这样的煎熬。但就在"小赵"提脚的时候,忽然看到了那五个小混混又开始顺着夜市的摊位收起了保护费,"小赵"看着这几个家伙当真是咬牙切齿,他冷静下来,然后掏出手机拨打了报警电话。

"请问是110吧?玉林夜市这里有几个人在敲诈勒索,我已经现场直播到整个网络了,全世界的人民应该都知道了,希望你们尽快赶过来……"

这次警察出警很快,不到十分钟,那几个小混混顺利地被警察塞进了警车。

"小赵"回到奶奶面前的时候,奶奶感到有些意外。

"欢欢,怎么这么早?"

"我想您了,所以就……""小赵"略微不好意思地耸了耸肩膀。

"唉,今天没什么要你帮忙的,你赶紧回去休息吧。"奶奶摆了摆布满了皱纹的手。

"我想多陪您一会儿。"

"你不累吗？"

"看到您我就不累了。"

听到"小赵"的话，奶奶嘴角微微扬了扬。他看得出，奶奶也很喜欢这种相依为命的牵绊。

这天"小赵"一直陪在奶奶的身边，帮着奶奶与人讨价还价，帮着奶奶整理着摊位上那些个零碎的梦想，帮奶奶轻轻地按摩捶背，虽然白天自己已经被徐天耀折磨得精疲力竭，但他感觉自己好久没有这样满足过了。他一直陪着奶奶，等她进入了梦乡，才悄悄地跪在床边恭敬地磕了一个头，小声说了句："奶奶，孩儿不孝，您好好照顾自己……"

7　父亲

"欢迎进入'贴纸游戏'下一关。"女声温柔的提醒让徐天耀知道自己再次回到了游戏选择界面。

"我想问个问题！"徐天耀大声说了一句。

"什么问题？"

"我刚刚离开的那个世界，奶奶还在吗？"

"这个游戏里的虚拟地球是无穷无尽的，就算你离开了，那个世界还会自我地存在于某种维度和数据里，就好像很多宗教里所谓的无穷无尽无边无际。"

"这么说奶奶还在？"

"游戏开始。"

空中只剩下了三张贴纸，这次连牌都没洗其中一张就直接飞到了徐天耀的胸口。他瞅了一眼贴纸上的名字，差点哭出声来。

徐天耀的父亲叫徐卫国。徐卫国是徐天耀这辈子最讨厌的人，此刻徐天耀的灵魂正在徐卫国的身体里，他感觉自己整个人都没有了力气和精神，这种无力和无神是物理性的，也是衰老的一种正常反应。这也难怪，徐卫国今年已经六十九岁了，他距离中国男性平均死亡年龄七十多也没几年的奔头了。

"徐卫国"游戏的起点是在一栋周身写满了"拆"字的老城区旧楼的门口，这是一栋看上去随时可能倒下的危楼。

"徐卫国"用自己微微有些发抖的腿支撑着身子仰望了一番，徐天耀回想起了自己当初帮父亲租下这里时对中介说的话。

"就租最便宜的！"

"便宜的但生活都不是太方便。"

"四面有墙吗？"

"有。"

"那就可以。"

这个租处几乎代表了徐天耀对父亲所有的恨意。

"本关游戏任务，坚持住在八楼一周。"空中传来了游戏任务安排。

"徐卫国"对着空中竖了竖老迈的中指。

"徐卫国"的电子表上出现了数字"7"。

徐先生的五次人生

　　一个正常人腿部衰老是在五十岁左右，徐卫国年轻的时候腿部受过伤，所以不到四十徐卫国走路已经有些困难了。

　　是人就得睡觉，睡觉就要回家，回家必须上楼，所以"徐卫国"扶着楼板一层一层地向上爬着，不过才爬到第三层他已经感觉到了筋疲力尽。六十九岁的老头子果然不能和二十几岁的精壮小伙相提并论。再加上这该死的老房楼梯陡峭得宛如悬崖峭壁，"徐卫国"几乎每走一步都需要喘几口粗气歇歇。

　　等到"徐卫国"来到第五层的时候他开始选择爬行，不过就算是爬也宛如一个普通人进入了超高海拔地带，他感觉自己上气不接下气得越来越严重。

　　在五楼躺了大概有半个小时，"徐卫国"才继续鼓起勇气前进。终于，在长达近一个小时的长途跋涉之后"徐卫国"总算是看到了自己租处的门口，门口一个巨大的"拆"字几乎将整个门板遮住。

　　"徐卫国"摸索着掏出钥匙哆嗦着迈进了房门，这里说得好听点是个家，说得不好听点就是个四面有墙的地方。家里的陈设弥漫着一股子破败的气息，"徐卫国"环视一周竟然找不出一件完整的家具，不是缺脚就是破裂的，简直无法直视。

　　不就一周吗？我在这里躺一周还不行吗？"徐卫国"正想着，忽然感觉经过刚刚的攀爬让整个嗓子都在冒烟。他经过镜子的时候看到了"父亲"几乎干裂出血的双唇，那是一张自己记恨多年的脸，"徐卫国"甚至有将镜子砸碎的冲动。

"徐卫国"利用自己最后的一点儿力气去到了冰箱的边上，虽然这个冰箱的门已经生锈，但好歹也扮演着冰箱的角色。

他用力拉开冰箱的门，里面传来了一股发霉的气味，别说食物，就连一滴水都没有。徐卫国捂了捂嘴巴，用力关上了冰箱门，随后他在房间里的每个角落都寻遍了，也未发现任何的食物和水。

口渴这种感觉是人类最无法忍受的几种感知之一。没有办法，"徐卫国"的目光最终落到了水龙头的上面，虽然是生水但好歹也是水！"徐卫国"几步迈到了水龙头的边上，将头一低用嘴巴做出了迎接水流的动作，但他将龙头扭到了极限，当真是一滴水都没有流出来，这叫一个失望！这到底是个什么破房子！中介竟然还有脸每月收房租！"徐卫国"感觉自己已经崩溃，他决定先到床上躺躺再做定夺。

"徐卫国"去到床边一个后仰，将整个身体放在了床上，这时他除了感觉床单有些潮湿之外还感觉到了自己的枕头也太硬了点。于是他翻开枕头上的床铺，竟然看到了一个带锁的小箱子。这种将保险箱当枕头的愚蠢行为，好像也只有自己的父亲才做得出来！

"徐卫国"将小箱子拿起摇了摇，里面应该没有什么值钱的东西，自己的父亲要是真有钱，也不会依附着自己，住这么个破地方了。他几乎毫无兴趣地就将小箱子扔到了一旁的空地上。

又躺了一会儿，又渴又饿就是"徐卫国"此刻的感受，再不吃东西他恐怕会死在这里。终于，"徐卫国"在原始本能的支撑下决定冒险下楼购买一些生活必需品，然后这一周，就算死也要待在八楼！

"徐卫国"几乎是从八楼滚到一楼的，他也想正常地下楼，怎么说下楼都要比上楼轻松吧？但腿部的抽筋并不是"徐卫国"所能控制的，连滑带跌，等到他侥幸活着来到一楼的时候，身上已经多出了几处明显的瘀伤。

站在一楼的门口，"徐卫国"又回头看了看八楼的租处，他感觉那个地方就好比珠穆朗玛峰，沿路都充斥着危险和缺氧。

好在超市并不远，走路十分钟就到了，这是一家在上海随处可见的连锁超市，虽然不大但五脏俱全。"徐卫国"选取了整整一购物车的进口食物和饮用水，什么牛排猪排，什么依云脉动，什么顶级酱料法国红酒，反正徐卫国尽拣贵的挑，这个星期可不能亏待了自己。但等到结账时才发现自己仅仅买得起快过期的枕头面包和两瓶特价矿泉水。徐卫国钱包里的经济状况比徐天耀预计的还要尴尬。徐天耀甚至还在父亲的钱包里发现了国内早已不再流通的分币。

"徐卫国"在抢购超市临期面包时和一个年轻人发生了冲突，最后一个特价面包就那样摆放在已经被人抢购一空的柜台上，就在"徐卫国"的手接触到面包的同时，另外一只更加年轻的手掌也抓住了面包的包装袋。

"徐卫国"看了看对方，是一个约莫二十的小伙子，小伙子看待自己的表情就像看到了一个仇人。

"我先来的！""徐卫国"声明。

"谁看到了？明明就是我先来的！"小伙子不依不饶。

"你懂不懂什么叫尊老爱幼？""徐卫国"用教育的口吻问。

"尊你妈个头！社会就是被你们这些人搞坏的，不然我们会这样？"小伙子理直气壮。

"我比你年长，怎么样你都应该让着我吧？""徐卫国"又出了张牌。

"坏人变老了指的就是你这号的，快松手！我不想伤你！"小伙子满口的威胁。

"我不松手你能把我怎么着？""徐卫国"老眼昏花地看着小伙子。

徐先生的五次人生

就在"徐卫国"说完的0.3秒左右,小伙子快速地左右看了看,然后一手掌推向了他的胸口。"徐卫国"几乎是连滚带爬地倒了下去,"徐卫国"这叫一个狼狈,要不是降落点还算不错,铁定落个骨折什么的。

"徐卫国"疼得在地上轻声哀号着,等到他回过神来的时候,面包和小伙子早已消失不见。他想要站起,但双腿就是不听使唤,最后他只好冲着四周投去了求助的目光,围观的倒是有几个,但没人出手相帮。

"别过去,一看就和那小子是一伙的!"

"对,碰瓷!"

"这一扶就得照顾他后半辈子,不值得!"

"一看就是老阿飞,别过去!"

观望的人一人一口唾沫都可以把"徐卫国"给淹死,如今社会老年人的际遇已经超出了徐天耀的想象。

"徐卫国"索性准备就这样躺着在超市过夜,但这时忽然有一双温暖的手将他轻轻搀扶起来。"徐卫国"转头一看差点喊出声来,扶起自己的竟然是徐楚楚!

看着楚楚,"徐卫国"的鼻子一酸,眼泪差点掉出来。他刚刚准备对徐楚楚说什么,就看到楚楚的同学小丽快步过去一把拉开了。

"楚楚，你疯了？你爸不是经常跟我们说别在外面扶老人的吗？万一是骗子怎么办？"

"我不是骗子，我是……"

"游戏重启警告！游戏重启警告！游戏重启警告！"空中传来了提醒的女声。

"您没事吧？"徐楚楚关心地问。

"徐卫国"摇了摇头，他知道孙女不认识自己。徐楚楚一直都不知道爷爷还健在，在徐天耀的口里徐卫国都已是几十年的亡魂了。

"徐卫国"伤心地摇了摇头，徐楚楚最终被小丽拽着离开了。

在收银台，"徐卫国"总算看到了一个别人不要的临期面包，如果不是这个面包及时出现，他可能真会活活饿死。

临出超市大门，"徐卫国"又在镜子中看到了"自己"，他几乎是破口大骂。

"这么大年纪你混成这样！你有脸吗？明年都七十岁的人身上就这么点钱！你活个什么劲儿！老废物！我这辈子最鄙视的人就是你！看什么看，你什么时候拿我当过儿子？我凭什么拿你当爹！"

"徐卫国"冲着镜子咒骂着，他周围五米内的顾客和两个做促销的圣诞老人瞬间消失无踪。

徐先生的五次人生

走出超市,"徐卫国"愤怒地将"父亲"的钱包掏了出来,一辈子就混成这样!都快死了身上就这么点钱!徐天耀对父亲的恨意似乎更深了!他本想将父亲破旧的钱包随手扔掉,但他的目光忽然落在了钱包里的一张照片上。父亲竟然将一张全家福藏在了钱包最里面,看到这张有母亲和自己的照片,徐天耀感到了愤怒。他觉得父亲根本就不配将这张神圣的照片放在身上。一个顺手就将照片上的父亲撕下扔到了一旁的垃圾桶里,这就是徐天耀对待父亲日常的态度。

"徐卫国"在回家的楼梯上非常高兴没有买下那一车高档食品。因为就算买下了,凭借自己的能力根本就不可能运到八楼,单是这一小袋的面包和两瓶特价矿泉水已经让徐卫国如负千斤。

还没到家门口,楼梯上"徐卫国"就把面包和矿泉水全部干掉了,没想到这么廉价的食物也可以吃得这么爽!"徐卫国"忽然想起了自己的孙女徐楚楚,如果孙女知道是自己爷爷刚刚也许就可以饱餐一顿,就不会落得如此凄惨!

"徐卫国"爬进家门之后连门都没力气关就躺在了床上,反正这门关不关也无所谓,这种地儿小偷进来了不会偷东西只会留东西。

"徐卫国"本以为自己会因为疲倦而很快睡着,但他却低估了上海冬天夜晚的温度。

不知不觉已到了深夜，他躺在床上颤抖地看了看墙壁上的老式温度计。如果自己没有看错温度显示的应该是零下5摄氏度，这个房间既没空调也没暖气，甚至就连地上铺的都是冰冷的老式瓷砖。"徐卫国"看了看窗子的方向，腐朽的木窗正因为北风的肆虐而抖动着，没错，房间这么冷就怪这扇窗子！

"徐卫国"颤抖着站起裹着超薄潮湿的棉被来到了窗边，他试图将木窗关上，怎奈他的手刚刚接触到木窗的时候，木窗几乎连响都没响就整个掉落了下去。"徐卫国"看了看窗框上的五金件，早就因为生锈而烂掉。这下好了，刚刚的窗子还能挡住一半的冷风，现在变成了全开放式的了。

实在太冷了，他试图在家里再找出哪怕多一张床单，但很可惜，家徒四壁完美地形容了"徐卫国"现在的住处。

"徐卫国"打出了一个巨大的喷嚏，他忽然感觉自己浑身发冷，随后他将墙上的老式温度计在袖口擦了擦放进了自己的嘴里，果不其然，39.8度。

半夜里，"徐卫国"全身打战，蜷缩在床上，他看了看自己的电子表，上面的数字由7变成了6，也就是说自己还要在这个该死的地方待上六天！"徐卫国"用抖动的右手摸了摸自己的额头，然后他迷迷糊糊地冲着四周看了看。

"狗日的！作孽！"这句话说完"徐卫国"才意识到自己是在骂自己。

徐天耀这小子实在太可气了！要不是徐天耀，自己怎么可能住在这么个破地方！到底要多大的仇恨你才敢这样虐待自己的亲爹！

一晚上的辗转反侧，"徐卫国"脑子里浮现着各种幻象和悔恨，他甚至看到了自己的再生转世，转世之后发现自己变成了一条狗。

大概是早上五点，"徐卫国"开始咳嗽，体温也上升到了40度，他知道如果再不去医院很可能得肺炎死掉。不过死也好了，但就是这样死不死活不活的最难受！

经过一晚上的煎熬，"徐卫国"感觉自己的体力好像是恢复了一些，不过当他搀扶着墙壁去到楼梯口的时候，他才意识到这种恢复原来只是自己的幻觉。当"徐卫国"的第一只脚踏下楼梯的时候，他整个人滚了出去。他从八楼一直滚到了六楼，随后他感觉自己陷入了一片黑暗。黑暗中他感觉自己好像回到了小时候，那个时候父亲带着自己漫山遍野地奔跑嬉戏。他最喜欢在父亲面前无拘无束地大笑和撒娇。自己和父亲的关系曾经是如此的融洽与自然，徐天耀甚至不记得自己是什么时候开始和父亲出现了裂痕。

当"徐卫国"醒来的时候发现自己已经在救护车上了,紧接着又是一阵意识模糊的昏迷。再次醒来的时候,他发现自己已经来到了上海第一人民医院的病床上,自己的一只手一条腿全都打满了石膏。

"您醒了?""徐卫国"看到窗边一个胖医生正笑呵呵地看着自己。

"徐卫国"一时之间不知道应该怎么回答,他试图撑起自己的身体,但却怎么都动弹不了。

"您别动,您手臂和腿部都有轻微的骨折。不过,好在您已经退烧了。"

"我要死了?""徐卫国"脱口而出。

"您死不了,只是需要躺一段时间就可以恢复了,不过您年纪大,恢复得可能会慢点儿。"胖医生一脸的职业笑容。

"您现在应该是清醒状态吧?"胖医生貌似又关心地追问了一句。

"没错,我从来没有这么清醒过。"经过一段时间的昏迷式休息,"徐卫国"感觉自己除了腿脚废掉了精神还真恢复了不少。

"那好……"说话间胖医生将手里的病例拿了起来,"……本着先救助后收费的原则,您的医药费治疗费共计五千八百元,您是现金还是刷卡?支付宝、微信都可以。"

徐先生的五次人生

难怪这人满脸堆笑，敢情是找自己要医药费，不过这也算合理。

"徐卫国"在身上摸索着，胖医生赶紧将一旁床头柜上的钱包递给了他。

"徐卫国"当着胖医生的面前单手打开钱包看了看，里面所有的现金加起来一共是十九块四毛八分。胖医生看着"徐卫国"身上所有的现金和满脸的难堪。

"徐卫国"试图再从钱包里翻出什么，但很可惜，钱包里面除了那张已撕掉的全家福之外空无一物。

"要不您如果有亲人朋友来结账也行。"胖医生建议着。

"徐卫国"想了想，翻出了自己的古董手机。他在手机通讯录里翻来翻去只看到了一个号码，号码的名字是"儿子"。

"徐卫国"难堪地看了看胖医生，胖医生瞟了瞟这手机。

"您儿子就最好了！"胖医生微笑着说。

"要不，你打？""徐卫国"说。

"这种事还是您自己打比较合适吧？"胖医生感到了为难。

"我打他可能不会接，就用你的手机打。""徐卫国"非常有自知之明地说。

胖医生满脸为难地接过了"徐卫国"的手机，然后掏出自己的手机用免提拨通了徐天耀的号码。

"请问是徐天耀先生吗?"胖医生小心地问。

"哪位?"

徐卫国确定声音后对着胖医生点了点头。

"我们这里是上海市第一人民医院,徐卫国是你父亲吧?"

"怎么了?"

"你父亲几个小时之前从楼梯上摔下来了,希望你可以尽快赶过来。"胖医生实话实说。

"他死了没有?"徐天耀的反问让胖医生感到了惊讶。

"只是一般性骨折,休息一段时间应该就没事了。"胖医生不敢相信地看了看"徐卫国"。

"没死你打电话给我干吗?"徐天耀的话让胖医生都感觉脸红。

"是这样的,你父亲的医药费共计五千八百元,希望你可以来交纳一下。"

"我跟你说,他有钱就交!没钱就住你们那儿!"说完徐天耀就挂上了电话。

电话被徐天耀无情地挂断之后,病房里的气氛变得更加尴尬了。

"徐卫国"没脸看胖医生,胖医生也没脸看"徐卫国"。

徐先生的五次人生

　　胖医生回到办公室和医院的人协商，最终决定动用医院的救治基金暂时垫付了"徐卫国"的医药费。"徐卫国"登记了身份证明然后在欠条上按了手印之后，于第三天的中午返回了租住处。

　　"徐卫国"拄着拐杖站在租处的楼下看了看电子表上的数字"6"，又看了看头顶上所谓的"家"，他站在原地咒骂了徐天耀全家及上辈子很多人。后来"徐卫国"才意识到不论自己怎么骂都是在骂自己。

　　之前手脚完整上八楼都麻烦，现在一只手一条腿打着石膏自己还撑着拐杖，这副模样想要上八楼就跟残废想要爬上珠峰没区别。

　　"手表上的数字不变成0，你这辈子都要在这里。"迈克陈不知道从哪里又冒了出来。

　　"你唬谁？反正又不是真的死！""徐卫国"鄙视地看了看迈克陈的全息图像。

　　"没错，你的确死不了，但是我好像也说过，有的时候活着比死还难受。如果你真的困死在了这里，你会进行无数个循环，这是一种无限潜意识的昏迷。"

　　"现实中的我会怎样？""徐卫国"好奇地问。

　　"说了你肯定不信，不论你在这里面待多久，现实世界都只会是千万分之一的时间，想必你也看过《盗梦空间》吧？你会陷入无限的底层。"

"你只要让我现在出去，我保证至少在你们公司追投两亿欧元！"

"哈哈哈……"迈克陈忽然大笑了起来，"……你怎么到现在还不明白有些事是钱解决不了的？不是我不想让你出去，我说过，这个游戏现在是1.0的版本，很多事情也不是我可以控制的。"

"你过来，我保证不打你。"

"再见，不要忘了，你就算过了这关，还有两关！"迈克陈鄙视地朝"徐卫国"笑了笑，随后变成无数个像素点消失在了空气中。

"徐卫国"都不知道自己是怎么坚持到八楼的，反正他只看到租处的大门被自己用拐杖砸出了一个大洞。现在"徐卫国"非常肯定了一件事，那就是这整栋楼就自己一家住户！那个该死的中介还告诉自己这里是个活跃的社区！

"徐卫国"的手脚基本已经废了，他现在的每个动作都跟机器人无异，他用拐杖支撑着自己在家里东撞西撞着，他试图从门口移动到房间里唯一的一张椅子上。就在他经过书柜的时候由于手臂石膏和书柜撞击得太过强烈，一把微小的钥匙不知道从哪里掉落了出来，徐卫国一眼就看到钥匙上有一个和那个被自己扔到床下的密码箱一样的标志，想必是一套，不过"徐卫国"根本就不关心那个该死的密码箱里到底有什么。

"徐卫国"艰难地坐到了那张该死的椅子上。谁知他的屁股一落下，整张椅子就七零八落开地散开，要不是腿上的石膏撑着，他差点摔到了地上。"徐卫国"努力用拐杖支撑起了自己，他索性坐到了床边的地上将床沿当作靠背，想不到这样也挺舒服。

"徐卫国"看了看手表上的数字6，在心里也不知道是咒骂着自己还是父亲。咒骂的过程中，"徐卫国"完整的那只手无意中触碰到了床底的保险箱。"徐卫国"转过脸看了看保险箱，顺手将其从床底拖出，随后他又用拐杖将不远处的钥匙捞了过来。

"徐卫国"试了试钥匙，果然这个房间里唯一的一把钥匙和这唯一的一把锁完美地吻合，里面不会是女人内衣内裤什么的吧？以老爹在自己心目中的形象这些也不是没有可能。

不过等到"徐卫国"打开密码箱的时候却感到了失望，里面除了一本自己小时候就见过的破旧相册之外别无他物。这本相册徐天耀六岁那年就见过，是父母带着自己去西湖时在当地的影楼买的，中国红的封面上印着浅浅的牡丹，封面上楷体金字印的"西湖影集"已经褪掉了一半的颜色，相册的边缘已经开始产生了霉渍，相册的里面是一种上世纪七十年代才会使用的超薄透明纸和硬壳底衬组合而成的内页。旧时的照片会用四个硬纸片做的角固定在硬壳底衬上，然后用上面的一层薄薄的透明纸保护着，想看照片的时候只用小心地拿起上面的透明纸就会看到那时人们的幸福模样。

整本相册都是徐天耀从小到大的照片，最老的一张应该是满月照，最近的一张应该是父亲和徐天耀在大学门口的合影。之后徐天耀和父亲的关系一路变糟。

相册中有父亲，也有母亲，三个人的合影比徐天耀记忆中的要多。那个时候的母亲很漂亮，就算通过照片也可以看出那个时代女性特有的纯真和善良。每次徐天耀的目光落到母亲身上的时候内心就会泛起一阵对父亲的愤怒，这是一种怎么也挥之不去的纠葛。看着看着徐天耀也感觉烦了，他一把关上相册准备扔到床上，但这时相册封面的夹层里竟然掉出了一个信封，从信封的新旧程度上来看这应该是最近的材质，信封并未封口，徐天耀很轻松地就拿出了里面的几张信纸，徐天耀认得父亲的字。

亲笔信读起来的时候都会在脑子里泛起对方的音容笑貌，那是一种暖暖的诚意，所有的思绪和感情都会透过笔尖传递到信纸之上。不像如今的时代，所有人打出的都是同一种字体，宛如半机械人时代的

徐先生的五次人生

全面到来。

徐天耀刚刚看向父亲亲手写的第一个字就再次将信扔到了地上,见字如见人,徐天耀感觉自己根本就无法和父亲产生任何的交流。

这时空中的女声再次响起。

"玩家可以选择虚拟地球情景再现模式阅读信函。"

"什么意思?"徐天耀对天问了一句。

女声没有回答,徐天耀很快就发现周围的一切发生了变化,徐天耀竟然看到父亲正坐在这间破屋子的窗口写信。徐天耀就这样站在一旁注视着父亲,他几乎忘了自己在真实世界中最后一次见到父亲是什么时候。此刻徐天耀才意识到以旁观者的角度看上去父亲竟已苍老成了这样。

"天耀:当你看到这封信的时候爸爸可能已经不在人世了,如果那个时候你还在责怪爸爸就太遗憾了……"空中竟然传来了父亲的旁白。

徐卫国戴着老花眼镜的脑袋压得很低,他用一支老式的墨水钢笔一字一句认真地书写着。

"……爸爸知道自己在你心目中一直都是一个没用的人,也知道你一直都在为爸爸拿不出你上大学的钱而怀恨在心,其实爸爸在你上高中的那几年一直很努力地打工……"

父亲的旁白到这里,徐天耀见到眼前的一切再次发生了变化。

徐天耀非常意外地见到了那时正当壮年的父亲。父亲那个时候周身都充满了精气神,正在一个建筑工地上搬运着水泥,一旁的包工头一直催促着。

"今天你不把这些运完不用吃饭了!"包工头指了指一旁整整一卡车的袋装水泥。

"能不能再让我搬一车?我等着用钱。"满脸水泥灰尘的徐卫国笑着问。

"只要你有本事,想搬多少车都可以!"包工头鄙视地往一旁吐了口痰,然后大步离开。

徐卫国就这样一直在工地搬着水泥,五十公斤一袋的水泥他一袋一袋地从大卡车上搬到工地的仓库里。徐天耀就这样一直站在旁边注视了八个小时,两大卡车的水泥,在完全没有人帮手的情况下徐卫国整整搬了八个小时,其间他一口水没喝一口饭没吃,他疲惫而又坚毅的脸上竟然流淌着期望。

"你小子挺牛啊!明天来早点!我让你搬三车!"包工头将少得可怜的现金塞到了徐卫国的手里。

徐先生的五次人生

"你这么拼干吗?"包工头临走前问了一句。

"我儿子马上要上大学了,我在攒学费。"徐卫国黑黝黝的脸上露出了一排雪白的牙齿。

徐天耀面无表情地看着父亲,他之前甚至一直不知道父亲失踪的那几年里到底去了哪里。

徐天耀周围的场景再次发生变化,他发现自己身处在了一个黑洞洞的封闭空间里,这里的每个人全身都冒着黑黝黝的黑油。这时徐天耀看到一个全身黑透的人拖着一车煤炭从自己的面前经过,这个人就算化成灰徐天耀也认识,他就是自己的父亲!父亲竟然还干过煤矿工人?这简直就是徐天耀无法想象的。

徐天耀看到黑暗中的父亲宛如一只野兽,用最原始的锄头铲着洞穴里的煤矿。父亲每铲一下那些煤矿的屑渣就会飞溅到他的身上,徐天耀看到父亲拖了一车又一车的煤炭从自己的面前默不作声地走过,一直到结账的时候父亲才发出了一点微弱的声音。徐天耀听得出来父亲的喉咙因为长期的污染早已嘶哑。

"怎么这么少?"徐卫国显然对工资不满。

"嫌少就滚!少他妈跟老子抱怨!"工头没好气地怼了徐卫国一句。

徐天耀感觉父亲看上去简直又可怜又可嫌。很快场景再次发生了变化，徐天耀看到父亲全身黢黑地正和工友们一起在煤堆边啃着馒头。

"老徐，你干吗大老远地跑来海拉尔挖煤？"工友口里的海拉尔位于内蒙古，是国内煤炭产量最大的几个地方之一。

"为了儿子读书！"徐卫国笑呵呵地说了一句。

"看你也像是有文化的人，干点什么不好？"另一位工友问。

"年纪大了，其他工作都没这个挣得多，我现在要用最短的时间赚最多的钱，我一定要让儿子过上好日子！"徐卫国啃了口馒头，这时不远处忽然传来了一声巨响，所有人都看向了某处，徐天耀也放眼看去，不远处一个煤矿口发出了滚滚的浓烟。

"2号矿塌方了！"

"有三十几个兄弟在下面！"

"快救人！"

徐天耀都还没明白过来怎么回事，他就看到场景变成了刚刚塌方的煤矿口。他看到了地上至少放着十几具被白布掩盖着的遗体，徐天耀在围观的人群里看到了父亲，父亲的眼中流露着惊恐。

"上工了！老板在催了！"有人喊了一句。

"这份工作也太危险了！这些人死得跟畜生没区别！"有工友抱

徐先生的五次人生

怨着。

"老徐，你还做不做？我想回家了！"一位工友对着徐卫国问了句。

徐卫国看了看地上的尸体，然后又看了看煤矿的方向，然后慢悠悠地说："做，为了儿子，我什么都做。"说完，徐卫国跟在工友的身后走向了矿洞。

徐卫国刚刚进入矿洞不久，徐天耀就看到矿洞的里面向往冒出了滚滚的浓烟，随后矿洞里传出了巨大的爆炸声，当时吓得徐天耀心都快蹦了出来。

不多时，满身是血的徐卫国就被工友给背了出来，徐天耀才知道父亲刚刚经历了瓦斯爆炸。

徐天耀悬着的心还未放下，他发现自己已经来到了某个医院的走廊。走廊里挤满了惨不忍睹的矿工，医生和护士一个个忙得焦头烂额。徐天耀四下寻找着父亲的身影，很快，他在一间满是病患的破旧病房角落见到了父亲。父亲的右腿包扎着厚厚的绷带，这时一位衣服上带血的医生出现在了徐卫国的面前。

"左腿韧带缝了二十针，加上粉碎性骨折，我们还没有检查你的内脏，你至少要住三个月的医院。"医生正说着，一名小护士急匆匆地跑了进来，说又送来了几个矿工。

医生一皱眉，走了。

医生刚走，徐卫国就用双手撑着床边单腿站了起来，他看了看自己还往外浸着血丝的左腿，一咬牙，扶着墙走了出去。

"你干吗？医生要你躺下休息！你为什么一辈子都这么讨厌？"徐天耀感觉自己一股子怒气冲上了额头，他冲着父亲的方向喊了一句。他试图拦住父亲，不过可惜，自己在父亲的面前只是一个幻影。

几乎就在徐天耀一转身的工夫，场景再次发生了变化。徐天耀看到徐卫国正骑着一辆小电动车送着外卖。车很快就停了下来，徐卫国一瘸一拐地从后备箱里取出了送餐盒，徐天耀清楚地看到父亲脸上的皱纹明显多了起来。

徐天耀一直跟在父亲的身后，看着父亲一瘸一拐地爬到了七楼，这是一个没有电梯的旧楼，父亲的每一步都伴随着额头上的汗水。

好不容易，徐卫国总算来到了七楼最里面的一间房，徐卫国还没敲门，门自己开了，是一个裹着头巾的年轻女人。

"您好，您点的餐。"徐卫国满脸堆笑。

"晚了十几分钟，我不要了！"年轻女人没好气地说。

"不好意思，今天点餐的人有点多，再加上我的腿不是很方便。"徐卫国继续说着好话。

"关我什么事？腿有毛病就别送餐！反正今天这单我投诉定了！这么大年纪了还干这个，一看就是废物！"女人也不知道哪来的这么大脾气，一转头，重重地把门给关上了。

徐卫国抬手想敲门，但抬着的手又放下了，他暗自叹了口气，一瘸一拐地下了楼，徐天耀本想跟上父亲，但场景再次发生了变化。

徐天耀看到父亲正在送餐公司办公室里被人训斥着。

"我早就说不该招个瘸子！人家一个电话投诉到总公司去了！说你态度恶劣！"一个经理模样的人对着徐卫国大呼小叫着。

"我下次一定不会再犯了，请再给我一次机会。"徐卫国低着头毫无尊严地说。

"你如果不想滚蛋，这个月工资扣一半，同意就留下！"

徐卫国深深地皱眉看了看自己的左腿，然后憋屈地点了点头。

"一辈子都这么憋屈，你就不能像个男人！"徐天耀对着父亲大喊了一声，他感觉父亲被人欺负比自己被人欺负更难受！

很快，场景来到了路边，徐卫国正和一些送餐员坐在电动车边吃着盒饭，这时一个应该和徐卫国有些熟络的送餐员坐到了他的身边。

"老徐，你儿子读书的钱应该攒够了吧？"这个送餐员微微有些胖，脸圆嘟嘟的，看上去很爽朗的样子。

"快了，再熬几个月我就不干了！"徐卫国的语气中竟然流露着轻松。

"嗯，挺好的！"小胖点了点头，也为徐卫国感到高兴。

"对了，你现在两个孩子，压力也挺大的吧？"徐卫国反问了一句。

"没办法，老婆也没工作，孩子也小，家里只有我撑着。"说话间，小胖竟然将盒饭里的一只鸡腿夹到了徐卫国的碗里。徐卫国不明所以地看向了小胖。

"看你每天都吃这么少，正好我减肥，鸡腿送你！我也希望能有你这样一个伟大的父亲，不过可惜，我爸死得早！"小胖微笑着拍了拍徐卫国的肩膀，然后骑车离开。

徐卫国看了看碗里的鸡腿，又看了看小胖离开的方向，满脸感激。

"……爸爸为了可以让你顺利地上大学，去过工地、农场、矿区，当过送餐员、做过送水工，但凡能够赚钱又不违法的事爸爸都干过。那些年很辛苦，但是也值得。当时爸爸打工攒的钱应该足够可以供你上完大学，但是……"空中父亲读信的旁白继续着。

徐先生的五次人生

徐天耀见到场景移到了一个破旧的屋子里，刚刚还红光满面的小胖，此刻竟然闭着眼睛脸色苍白而又消瘦地躺在一张破旧的老床上打着点滴。床前一个瘦瘦的女人正抱着一个孩子哄着，不远处一个稍大的孩子正在地上玩着已经掉漆的积木。徐天耀看见父亲站在女人的身边，女人正对徐卫国哭诉着。

"之前就有征兆，我早就要他去看医生，他一直说忙……"女人擦了擦眼泪，继续说，"……医生说一个月之内如果不进行造血干细胞移植他就没救了……呜呜……"女人哭得更惨了。

徐卫国皱眉看了看小胖，又看了看那两个应该还没有意识到事情严重性的天真孩子，徐卫国环顾几乎家徒四壁的房间，说："万一不行把房子卖了，救人要紧。"

"这房子是租的，租金只交到了下个月……呜呜……"徐卫国不提这茬儿还好，一提女人更加伤心欲绝。

徐卫国听到这里，默不作声地走出了房间，他抬头看了看乌云密布的天空，满脸犹豫。随后他回头看了看地上正在玩积木的孩子，徐卫国一咬牙，一瘸一拐地走向了远处。

徐天耀一直跟在父亲的身后，他不明白父亲这到底是要干什么？很快徐天耀就跟着父亲来到了一家银行。

"取多少？"窗口的营业员问。

"全取了！"徐卫国的声音比哭还难听。

"你干吗？这些不是你辛辛苦苦给我攒的学费吗？你吃了那么多苦，可不是为了救别人的！"徐天耀在一旁无力地呐喊着，但不论徐天耀怎么歇斯底里，父亲完全无视。

不多时，徐卫国就拿着满满一大袋钱来到了女人的面前。徐卫国把钱塞给女人的时候，她简直不敢相信自己的眼睛。

"这些钱本来我是准备给儿子读书用的，但是现在救人要紧！"徐卫国认真地说着。

女人直接就给徐卫国跪下了，半小时之后，徐天耀看到父亲在大街上不停扇着自己耳光。徐天耀看到了父亲的挣扎和不知所措，这些事父亲从未对自己提起过，原来父亲一直拼了命地在帮自己攒学费，父亲一直都把自己放在心上！

"……那个时候有位工友白血病住院急需钱救命，为了这件事我也挣扎过，但人命总比大学重要，你说是吧？爸爸懂的道理不多，只知道觉得正确的事就去做，所以这辈子吃过不少亏。爸爸在街上被小偷打，在工地被工头骂，从小到大都是低着头做人，唯独就是你妈不嫌弃我，她总说我心地好，我这辈子最对不起的人就是你妈。你妈病

徐先生的五次人生

的那段时间我到处借钱最后把房子也卖了，当时只差五万就可以救回你妈的命，但是我死活都借不到，所以我才跑去赌，最后你也知道，我输了。我知道为了这件事你会记恨我一辈子，后来我听医生说，就算我凑齐了那五万块你妈也活不了，你妈的过世其实责任不在我，但这道坎我知道自己一辈子也过不去，你一直埋怨你妈走的那天晚上我没有陪在你身边，其实爸爸只是不想让你看到我的懦弱和无能。那天晚上我把这辈子该流的眼泪都流尽了，但依旧换不回你妈的生命，其实你没说错，爸爸真是个没用的人……"

徐天耀试图坚持对父亲的怨念，但怨念却在此刻一点点地转化为了自责。

徐天耀不知道自己什么时候再次回到了那个八楼的破房子里，不知道自己什么时候再次变成了父亲，更不知道自己的眼泪什么时候落到了信纸上。

"……很多次爸爸都想跟你说对不起，但你一直不给爸爸说话的机会，我总会偷偷地跑去看楚楚，但楚楚竟然不知道爷爷的存在，这也许是除了你妈我这辈子最大的遗憾。好了，我这辈子的积蓄都在相册的夹缝里，密码是你的生日，爸爸没用，一辈子也没攒多少钱，我留的这些钱麻烦你交给楚楚和你未来的第二个孩子，就说是爷爷留给他们的，好吗？至少让他们知道爷爷曾经也在世为人……"

看完父亲的信，徐天耀在窗口站了很久，呼呼的北风夹杂着雪粒拍打在他的脸上，好几次他侧脸看向镜中的"父亲"。镜中的那个人不知道什么时候早已泪流满面。

原来自己对父亲的怨念全都来自误会，自己一直以为父亲拿着母亲治病的钱跑去赌博才导致母亲的过世，但在那之前徐天耀真的没有见父亲赌过。还有大学的学费，这件事徐天耀怨恨了父亲一辈子，不过父亲说得没错，人命的确比大学重要。如果父亲当初要那时的自己选择，自己也会做出和父亲一样的坚持……想到这些，徐天耀几乎悔恨得不能自已。他恨自己从未让父亲享受过一天自己所谓成功带来的红利，他恨自己让女儿误以为爷爷早已过世，他恨自己为了省钱让父亲住在这个该死的八层楼，他恨每次父亲给自己打电话都会决绝地挂掉……他悔恨的事太多太多，就在徐天耀的悔恨情绪几乎不能自已的时候，一个惊天地泣鬼神的剧烈响声和震动差点将徐天耀从八楼直接掀下去！

"徐卫国"感觉自己的整个身体因为震动而倒向了一边，等到他满脸是灰地清醒过来时，就看到整个屋子已经被人用几吨重的大铁球拆去了一大半，然后就听到有人喊：'停！赶紧停！里面还有人！"

徐先生的五次人生

几个戴着安全帽的施工人员慌慌张张地跑到了"徐卫国"的面前上下打量着。

"大爷!这里拆迁了您不知道啊?"

这时"徐卫国"无意中看了看手表上的时间已经显示出了"5"。

"他是不是流浪汉?"

"不像啊。"

"一定是负责补偿款那帮孙子又干了什么缺德事!"

几个安全帽在"徐卫国"面前议论着。

"大爷,您有去的地方吗?这里要拆了!"安全帽加大了自己的嗓门,他以为"徐卫国"耳朵聋了。

"五天之内谁赶我也不走,就算死我也要死在这里!""徐卫国"冲着安全帽们喊着。

"五天?"

"要不咱们先拆别的楼?"

"大爷,这楼都拆一半了,您怎么住?"安全帽不解地看了看一半悬空的房间。

"你们滚,五天之后再来收尸!""徐卫国"的情绪显得异常激动。

"好好好,您别激动,我们现在就走。"

"但是这五天您都待这儿?"安全帽不敢相信地问,但他一看到"徐卫国"视死如归犀利的眼神就什么都信了。

"要不我们拿点东西过来吧,这么冷的天。"几个安全帽商量着,然后派出了一个代表去到了"徐卫国"的面前。

"老大爷,您如果坚持这五天待在这里,要不我们给您送点吃的喝的,然后再送几件干净的棉被来?"

"徐卫国"满脸是灰,恶狠狠地看着安全帽。安全帽自知没趣正准备走,谁知被"徐卫国"一把抓住,安全帽回头害怕地看了看他,干拆迁的就怕拼命的。

"就按你们说的,吃的,喝的,睡的,我都要!"

最后的这五天,"徐卫国"吃喝拉撒睡都在这个半裸的顶楼上,他手腕上的数字如同他心中对父亲的仇恨一般渐渐地消失着,等到徐天耀感觉自己内心对父亲的仇恨已经完全冷却的时候,他的身上早已被白雪覆盖,就差那么一点点,徐天耀就会经历因为死亡而带来的游戏重启。不过好在徐天耀利用怀里父亲留给自己的相册和信封满怀悔恨地燃烧着自己的小宇宙撑了下去。

距离游戏结束还有最后一天的时候,"徐卫国"去到了那个自己将全家福撕破的超市。他在垃圾桶里翻找了半个多小时,总算是找到了自己撕掉的"父亲"。"徐卫国"回到八楼亲手将全家福合拢。那天"徐卫国"一直手持全家福在八楼坐着，时间一点一滴地接近本关游戏的终点，徐天耀也在脑海里一点一滴地回忆着父亲的好。虽然大雪几乎将徐天耀变成了雪人，但他的心里，却充满难得的温暖。

仇恨有时就像一道墙，会阻隔掉世间的许多美好，墙的一边是阳光，另外一边却是无尽的黑暗。其实推倒这面墙真的很简单，一个电话、一声问候，甚至只需要一个微笑，都可以让你从黑暗的深渊迈进无尽的阳光。

人生的一切都在于选择，但是怎么选，没人可以帮你，除了你自己。

8　大梅

徐天耀回到游戏界面的时候双手还呈现着手握照片的姿势。

"恭喜通关,'贴纸游戏'还剩最后两关。"空中的女声依旧是那么甜美。

空中还剩下最后两张贴纸,徐天耀目光有些呆滞地注视着空中看得见却摸不着的贴纸。此刻他还未从刚刚父亲衰老垂死的身体里缓过神来。

"能不能休息一天再……"徐天耀话音未落,一张贴纸笔直飞到了他的胸口。徐天耀看了看贴纸上的名字,闭上了眼睛,他早料到会有这出。

大梅现在的体重比没有怀孕的时候重了五十斤,也就是说大梅现在每天都得负重五十斤四处行走,这种重量如果只是偶尔负担也许还可以接受,但如果整天都挂在肚子上就是另外一回事了。

徐天耀变成了大梅的模样出现在了梳妆台前，他看着镜子里浓妆艳抹的大梅吓得手里的眉笔都掉了。

"大梅"惊慌地看了看自己超大的肚子，然后她就看到了手腕上电子表显示的数字"2"。

"本轮游戏关卡，第一关，孕妈妈大赛夺冠；第二关，顺利生产。"空中的女声提示着。

这时"大梅"清楚地听到了卧室里收音机闹钟传来的声音。

"大家好，又到了一年一度的圣诞节，今天上海市最高气温10摄氏度，最低气温零下5摄氏度，东南风一到二级，告诉大家一个好消息，今天上海下雪的概率达到了百分之八十……"

我靠！这不是圣诞节的早上吗？所有的一切都和那天一模一样！

"大梅"试着站立起来，自己的身体比自己想象中的重了太多，"大梅"现在总算是明白为什么每次老婆走路都要抱着肚子了。如果不抱着肚子，肚子真有掉下去的可能。还有阴部那里的撕裂感，以前只是当笑话听老婆说说，现在切身体会的时候，才感觉那是一种随时都可以要人命的痛楚。"大梅"感觉自己现在的裆部就好像被一双无形的大手一刻不停地往两边撕扯着，用生不如死这个词来形容怀孕晚期的感受，"大梅"觉得很贴切。

徐先生的五次人生

"大梅"抱着肚子走到了徐天耀的床边。徐天耀正在那里一边打呼噜一边放屁地熟睡着。"大梅"现在才知道从老婆的角度看自己有多恶心,她能忍自己这么多年也是服了。

床上的徐天耀眯了眯眼,看了看"大梅"。

"大早上的装鬼吓人就不对了。"徐天耀翻了个身继续睡。

"我这个造型是……""大梅"一时语塞。

"参加孕妈妈才艺大比拼。"空中的声音提醒着。

"我这是要去参加孕妈妈才艺大比拼!""大梅"现在想死的心都有。

"你说你们这些大肚子的成天为了点蝇头小利东奔西跑的,至于吗?"徐天耀一边放屁,一边闭眼说着。

"我感觉走路很不方便,你开车送我去。""大梅"感觉自己提的要求很合理。

"今天我真没空,要不你自己打车去?"徐天耀眼都没睁。

"你还是人吗?我这个样子你要我自己打车?""大梅"现在才知道徐天耀不只是恶心,简直就是没心!

"我这不是忙吗?再说了有什么不是钱可以解决的问题?"徐天耀抓了抓自己的屁股。

"大梅"感觉徐天耀说的每句话自己好像曾经都说过,不过站在旁观者的角度再听这些话简直就是禽兽不如!

"我刚刚从客厅走到这里都喘气,怎么去会场?""大梅"如实地说,她感觉自己额头有汗。

"瞧你这矫情的,不就是怀个二胎吗?至于吗?"徐天耀不屑地回应着。

没错,这句自己也一字不差地对大梅说过!

"大梅"狠狠瞪了徐天耀一眼,既然这个游戏不能反抗,他准备设身处地地体验一把老婆临产的真实生活。

"大梅"在梳妆台边找到了孕妈妈大赛的地址,她挺着大肚子艰难地去到路边准备叫车,但到了路边他才看到堵车至少延绵蜿蜒了几公里,没办法,"大梅"看了看不远处的地铁口,看样子也只有坐地铁才能不迟到了。

上海官方统计每天上海地铁的人流大概有1000万人次,实际人流估计接近1300万左右,每天和1300万人抢地铁到底是种什么感觉?

徐天耀因为有车至少有五六年没有坐过上海的地铁了,他总听大梅说地铁越来越挤,但到底挤到什么程度他也只是随便不上心地幻想一下罢了。这次他变成大梅身处地铁站时才真的明白了恐怖一词的含义。

不说上地铁，就从"大梅"进入地铁到走到入口就用了整整半个多小时，感觉自己在地铁站就连呼吸都困难。他简单目测了一下单单自己家所在的这个地铁站至少有上万人在狭窄的地铁候车区域抢空气。

最终"大梅"上了地铁，不过感觉应该不是自己上车的，而是人流将自己推上车的。"大梅"在几乎无缝衔接的车厢人群中拼命用手护着肚子里的宝宝，拼尽力气去到了老弱病残专座的前面。他发现面前一排坐着的乘客不是在看手机，就是装作没看到自己，更有甚者一见"大梅"倒头就睡。这些人真的是服了，不论"大梅"在他们面前怎么咳嗽，怎么直接要求，他们就是无视"大梅"的存在，"大梅"坐了最多三站，便再也忍不住地冲出车厢扶着墙壁呕吐了起来。感觉自己可能将一周吃的东西全部吐出，这种感觉实在太恶心了！

丢不掉的负重，用尽全力需要保护的肚子，低血糖导致的头晕，耻骨分离带来的剧痛，徐天耀现在总算是明白了为什么孕妇大多脾气都不好，这些事要是落在男人身上估计第三次世界大战早就爆发了。

"大梅"在地铁站吐了大概有十来分钟，总算是吐干净了，保洁大姊骂骂咧咧地走到了"大梅"面前一通数落。"大梅"面带菜色地抱着大肚子，沿着扶手电梯出了地铁站。这地铁自己是没福气坐了，他总算是在地铁出口顺利地拦住了一辆的士。

第十三届孕妈妈大赛是在一家国际会展中心举行的。这次大赛一共有二十几家媒体到场，并由一家大品牌母婴用品公司冠名。"大梅"距离会展中心门口五十多米就听到了一阵震耳欲聋的锣鼓声，远远地，他就看到两排也不知道从哪里请来的老年锣鼓队在会场门口卖力地吆喝着。中国人都好这一口，"大梅"也未觉得奇怪，不过他一进入会场的大门总算是开了眼。

"大梅"还真没同时见过这么多的孕妇。现场至少有几十个母婴用品展柜，每个展柜上都贴着可以免费领取赠品的字样。想要得到免费赠品的孕妇和老公都挤在展柜前。还有的孕妇甚至抱着孩子前来占便宜。有的孕妇手里拎的大包小包都已经拖不动了，却依旧跑去新的展台扫描二维码蹭赠品，也不知道是现场的气氛感染了"大梅"，还是"大梅"的身体让自己产生了不拿点赠品就会对不起上帝的感觉。正当"大梅"准备大开蹭界的时候，一位工作人员过来一把拉住了"大梅"的胳膊。

徐先生的五次人生

"你怎么才来?快开始了!"

"开始什么?""大梅"一脸的囧相。

"赶紧跟我来!"

就这样,"大梅"抱着肚子,跟在工作人员的身后,穿过了一个过道进入了一间二十几平方米的化妆间。化妆间里有几个和"大梅"肚子一般大的孕妇,基本已经化好妆整装待发。虽然都是孕妈妈大赛的竞争对手,但大家的关系却出乎意料地融洽。

"大梅,怎么才来?都以为你生了。"

"路上有点儿堵。"

"大梅,最近看你走路都困难,怎么没见你老公陪你?"

"他好像死了。"

"什么?"

"没,开玩笑的。"

"对了,你预产期几号啊?"

这句话真的把"大梅"给问住了,现实生活中的大梅曾经无数次给徐天耀说起过自己的预产期,但徐天耀每次都是左耳朵进右耳朵出。"大梅"只好打哈哈说快了。

化妆师实在对"大梅"的自我化妆看不下去。

"寿衣店化的？"化妆师的嘴巴有点儿损。

"自己化的。"其实"大梅"也不知道谁化的，反正进入游戏就这模样了。

"脸转过来，哥跟你改改，你这样上台真会吓死人的。"

化妆师快速帮"大梅"换了个简妆，化妆的当口几个孕妇闲聊了起来。

"你们看到没有，这次的一等奖是台价值2万的婴儿车！咱们谁要是得了一等奖可赚翻了！"

"三等奖也可以的，婴儿安全座椅，价值五六千呢！"

"四等奖的母婴套装也价值两三千啊！"

"为了这么点蝇头小利，值吗？""大梅"忍不住问了句，这也是徐天耀一直不太理解大梅的一点。这么大的肚子干吗还到处蹭赠品，搞得跟要饭的似的。

"大梅"在镜子中看到几个参赛的孕妇用不敢相信的目光看了看自己，然后就叽叽喳喳地说了起来。

"太值了！就算没拿名次，也有一千多的尿不湿和奶粉！"

"就是！咱们家本来收入就不高，这得省多少！"

"我生老大时领的赠品现在还没用完，多跑几个地方至少可以省

徐先生的五次人生

五六千！"

"大梅，侬没事吧？侬可是我们之中积极性最高的。"

所有孕妇都好奇地看向了"大梅"。"大梅"极为尴尬地笑了笑。

"我……也就是随便问问。"

"大梅，我跟你说，小汤她们家男人在外面有姘头了！"

"对对对，吾也听说了！"

"怪不得汤汤今天没来，吾啊伐晓得！"

"前几天吾就看汤汤脸色不对啊！"

"汤汤的老公一看就是个下作坯，没跑的！"

"是啊，前天我还在东方商贸看到他的！我还以为他旁边的人是汤汤，但是我一看么有肚子！"

"对对对，我那天……"

"大梅"完全无法理解这些孕妇是怎么把问题完美转向八卦的。

"马上开始了，各位孕妈妈准备！大家注意安全，重在参与。"一个戴帽子的工作人员进来喊了一嗓子。

"大梅"一打听才知道孕妈妈们的表演项目各有不同，有跳街舞的，有装葫芦娃耍大刀的，还有准备诗歌朗诵大哭一场博同情的，"大梅"很好奇自己到底表演什么节目。

"请问我表演什么节目？""大梅"拦住了一位工作人员问。

工作人员看了看节目单。

"你是叫大梅吧？"

"对。"

"你表演单口相声。"

"什么？""大梅"感觉自己应该是听错了。

工作人员将节目单递到了"大梅"面前，他清楚地看到上面显示最后一个节目——大梅：单口相声。

"大梅"是最后一个出场，所以她有幸站在舞台的入口处看到了整场的孕妈妈大赛，这些孕妈妈的技能和勇气完全超出了"大梅"的预计，一个个在舞台上又唱又跳张牙舞爪搔首弄姿的，看得"大梅"那叫心惊胆寒。再看看台下几千名观众，大部分都是孕妇，有嗑瓜子的，有喝酸奶的，有打哈欠半梦半醒的，还有一小撮不是老公婆婆，就是弟弟妹妹们。"大梅"最后才注意到最前面的一排评委，那几个评委装模作样地注视着台上的表演。有两个评委的眼睛都游离到不知道什么地方去了。还有个评委装模作样地看看台上，又看看桌上的手机，然后手里竟然还在继续打着网游，大梅这个气啊，这些个孕妈妈在台上拼了老小的命就是为了让评委们看个清楚，评委们却将明月对沟渠。

"大梅"正胡思乱想着，忽然听到身后传来了工作人员的声音。

"下一个就是你，准备。"

看别人在台上表演永远都不会紧张，但轮到自己的时候"大梅"竟然紧张了起来。

徐天耀什么大场面没见过？上亿的签约仪式，同时面对几十家初创公司的老板，接连炒掉几十位员工，和竞争对手叫骂，什么没见过！但是现在的他却紧张到下肢都快撑不住肚子了。

不论"大梅"怎么紧张，该上场还是得上场，而且他还需要夺冠才能过关，这么一想，就更紧张了。

等到"大梅"站在台上的时候，她才发现从舞台上看下面的确有种高冷的感觉。"大梅"极力忍住想要呕吐的情绪，好在这时主持人很及时地缓和了现场的气氛。

"在表演开始之前我想采访一下这位孕妈妈，请问你丈夫现在坐在什么地方？""大梅"都不知道主持人是什么时候出现在自己身边的。

"他死了。""大梅"脱口而出，台下一片哗然，刚刚还在吃瓜的群众注意力一下子集中了起来。

"我是说，他没来。""大梅"及时纠正错误，台下吃瓜群众继续吃瓜。

"哦，也许是丈夫工作忙？"主持人已经开始感觉尴尬。

"他忙个屁，每天躲在办公室打游戏！下了班就去夜总会鬼混！"对于徐天耀每天的安排没有人比"大梅"更清楚。

台下吃瓜群众再次放下西瓜。

主持人尴尬地笑了笑。

"呵呵，这位孕妈妈真幽默。好了，这位孕妈妈的拿手绝活是单口相声，现在我们把舞台交给她。"主持人脚底一抹油赶紧撤。

没有主持人的加持"大梅"显得更加木讷，他站在舞台上至少有两分多钟没出声。

"这位孕妈妈，表演可以开始了。"主持人提醒着。

"大梅"感觉自己额头上已汗如雨下，自己要表演的竟然是单口相声！单口相声属于那种看别人说超简单，但要自己说比登天还难！他努力回忆着记忆中可以让自己发笑的东西，但瞬间搜遍记忆所有角落，发现自己真的是一丁点儿的幽默细胞都没有！

"大梅"又尴尬地站了一分多钟，台下观众开始微微骚动，他感觉自己只有硬着头皮上了！

徐先生的五次人生

"小徐同学刚刚理完发去上学,同学都说小徐的头发像风筝,小徐觉得很委屈,就跑到操场哭,小徐跑啊跑啊,就飞起来了……""大梅"第一个笑话说完了,台下那个一直玩手机的评委手机直接掉地上了,观众席最后一排吃瓜的观众差点被瓜噎死。

"大梅"已经看到了台下评委和观众充满了杀气的眼神,他只好再次开启脑内搜索系统。忽然他眼前一亮,终于想起一个段子!

"有一个北大的新生第一次到北京,他找不到北大进门的路。这时他遇到了一个路过的老大爷,学生问,老爷爷,请问怎样才能进北大?老大爷回答,只要努力读书,你就可以进北大。"

"大梅"的笑话刚刚说完,就感觉到了台下的一片静寂,随后他就看到台下观众手里的西瓜、酸奶、瓜子、薯片什么的掉落了一片,还有几位观众本已喝进嘴里的饮料也渐渐滑落了出来。

"好了,请评委打分!"主持人实在看不下去了。

所有评委第一次达成了共识,全部0分。

由于"大梅"每次的笑话全是0分,他这已经是第N次闪回到梳妆台前了。

"任务失败,游戏重启。"这也是空中的女声第N次提醒了。

"大梅"面前的镜子也不知道被他砸烂过多少回了,他感觉孕妇简直就是个要人命的职业,既不能辞职又不能请假,甚至就连迟到早退的可能都没有,他感觉自己快要崩溃了。他无法想象十月怀胎对于女人来说,到底是一种什么样的煎熬。

"早餐怎么还没做?""大梅"第N+1次重启时,身后传来了徐天耀的声音。"大梅"看了看镜子里的徐天耀,肥头大耳,睡眼惺忪极度恶心。

"少吃一顿会死啊?""大梅"没好气地将眉笔扔到了地上。

"哎,你什么态度?你不知道我每天在外面……"

"你每天在外面假装应酬蹭公司吃蹭公司喝,每天还躲在办公室打游戏!你有脸没脸?想骗老娘,你知道老娘是谁……"

"大梅"都还没明白过来怎么回事,就再次回到了梳妆台前。

"再次提醒,本关游戏规则,百分之一百夫唱妇随,不能和丈夫顶嘴。"空中的女声无情地提醒道。

暴力!这就是传说中的冷暴力!"大梅"恨不得用自己手上的眉笔直接插死徐天耀,其实他也这样试过几次,但每次眉笔都没挨着徐天耀游戏就重启了,这就是迈克陈所说的"有时候活着比死还难受"。

"早餐怎么没做?"那个肥头大耳、睡眼惺忪、极度恶心的徐天

徐先生的五次人生

耀再次出现在"大梅"身后。

"大梅"手握眉笔抖了抖。

"我……我……这就去做。"

"大梅"已经不记得自己这是第几次在游戏里为徐天耀做早餐了。他难以想象,现实世界里大梅这么多年是怎么熬过来的!有好几次"大梅"的手臂都被热油溅到,虽然游戏重启时那些伤口都会消失,但藏在心里的痛让他依旧宛如刀割。

这次"大梅"正在炸着徐天耀最爱吃的春卷,正看着锅里的春卷发呆,心说徐天耀一大早上想吃春卷自己也是跪了,他发誓只要能够活着回去,这辈子都不会让老婆为自己炸春卷!

"西服怎么又忘烫了?""大梅"回头,看到徐天耀手里提着一套西服,这家伙最可气的是每次都可以玩出新花样!

"大梅"知道反驳徐天耀的后果就是游戏重启,自己已经重启过无数次,真的累了。他只得强忍着情绪,放下手里的筷子,准备接过西服。

"先把早餐做了再烫西服,肚子饿了,记得待会儿把家里打扫干净。"徐天耀将西服挂到了一旁,若无其事地出去了,"大梅"差点气得吐血。

半个小时之后，徐天耀茶足饭饱地叼着牙签去到了门口，"大梅"恭恭敬敬地将公事包送到了徐天耀的手里。

"我忽然很想吃西瓜。"徐天耀摇头晃脑不经大脑地冒了一句。

"现在是冬天。""大梅"提醒。

"现在吃西瓜还分季节吗？"徐天耀不假思索地问。

"你看我这么大的肚子像是很方便买西瓜的样子……""大梅"的手表开始报警。

"游戏重启警告！游戏重启警告！游戏重启警告！"

"你说什么？"徐天耀问。

"没什么，我去买！"大梅不停吸气呼气调整着自己的情绪。

"记得西瓜买无籽的，大点儿的，你要是拿不动花点钱要超市送回来。哦，对了——"说话间徐天耀掏出几张百元大钞塞到了"大梅"手里。

"但凡是钱能解决的问题都不是问题，你说是不是？"

"大梅"洗碗的时候边洗边哭，心里那叫委屈，他不是哭自己，他是哭大梅。大梅怎么着就找了个这样冷酷无情、处处只想着自己的混蛋！

"大梅"洗碗的手都气得发抖，一个不小心，手里的碗一打滑摔碎了,将手指划了道口子。"大梅"就这样看着鲜血从自己的手指上流淌下来,愤怒和悔恨的泪水应景而落。他情绪一激动,将所有的锅碗瓢盆全部砸地上怒骂起来!

"徐天耀,你就是个畜生!你就是个人渣!大梅找到你真是活见鬼了!"

"妈,怎么了?"要不是女儿出现得及时,"大梅"估计自杀的可能性都有。"大梅"抱着女儿哭得这叫惨。都说女儿是母亲的小棉袄,"大梅"现在是真的感觉到了寒冷。如果没有女儿的依偎,他感觉自己的人生真是一点儿价值都没有。

"妈,以后我养您!您别跟爸一般见识。"

"呜呜……"

"爸这个人道德观价值观存在严重的扭曲!"

"呜呜……"

"您也别哭了,为这种人哭不值得!"

"呜呜……"

"我已经在打工了,等我攒够了钱咱们就搬出去住!"

"呜呜……"

徐天耀总算是知道了自己在老婆、女儿心里的形象。这种形象已经无法用人类固有的语言来形容。"禽兽"这个词都是抬举,自己竟然还一直自以为自己是众人的神,没想到自己竟已变成老婆、女儿的负担和累赘,这对于一个男人来说既可悲又恶心。

"大梅"在这一关里一共上台表演了二十几次,每次他都会换取不同的节目极力取悦评委和观众,什么耍双刀、喷火球、扮小丑,但不论"大梅"怎么努力总会有比他更加拼命的孕妇夺冠。每次"大梅"连哭都来不及就会经历游戏重启,没想到孕妇世界也有如此犀利的竞争。

重复的失败和徐天耀的各种无理要求已经让"大梅"渐渐变得麻木,他自己都记不清这是第几次站在孕妈妈大赛的舞台上了。他只感觉四周的灯光让自己感觉到了炫目和恶心,台下的评委们依旧事不关己地瞎掺和着,后面的观众依旧你一言我一语地闲聊调侃着,主持人第N次假笑着站在"大梅"的身边介绍着。

"好,下面我要为大家介绍的这位孕妈妈叫大梅,她来自……"

主持人话未说完"大梅"就一把抢过了话筒。

"好,既然你们想听单口相声,我现在就说给你们听!反正我也不在乎这次能不能得名次,我有的是机会……""大梅"眼眶红红地继续说,"……我就问一句,你们这些评委里面有没有大肚子的?你们告诉我有没有？"台下的评委相互看了看，只有一位中年发福的男人还真有一个大肚子。

"你们这些吃饱了没事干的评委，没有一个大肚子的，凭什么给我们这些每天拖着几十斤大肚子的悲催女人打分？""大梅"的质问引起了台下观众的一片热议。

"她说得好像有道理啊！"

"对啊，狗狗能为猫猫打分吗？"

"就是！凭什么没屁眼的给有屁眼的打分？"

"他们完全就不懂孕妇嘛！"

……

台下一片喧嚣，台上破罐子破摔的"大梅"越说越起劲。

"你们这些评委一个个在下面又吃又喝又玩手机！我敢说你们连台上这些孕妇的名字都叫不上来！评委里的女人我就不说了，你们这些臭男人有什么资格给孕妈妈打分？"

"大梅"的话说得台下的评委纷纷低头，一旁的主持人实在看不下去了。

"看来这位孕妈妈有点儿激动，要不请您先……"

"你给我闭嘴！再出声老娘一肚子甩死你！""大梅"冲着主持

人一挺肚子，主持人闭嘴了，现在的世道不怕狠人就怕疯子。

"大梅"继续说："现在的孕妇一个个都像死了老公的！男人不是说自己要赚钱就说工作忙！谈恋爱的时候没见过你这么忙，求婚的时候也没见你在工作！现在老婆大肚子了，男人就变样了！需要老公帮助的时候就一个个玩消失。我们孕妇参加这种低级趣味的活动是为什么？还不是为了想帮家里省钱！还不是你们没有给我们安全感！你们知道孕妈妈参加这种该死的节目有多辛苦吗？老公在家里还说我们贪心，图小便宜，不知死活！这样的男人简直禽兽不如！……""大梅"一口气说到这里停了一下，他看了看台下的观众，几乎所有的孕妇都义愤填膺、万分赞同的样子，更有孕妇已经捏紧了拳头貌似要起义的模样，更有甚者已经将老公踩在了脚下！

"……你们知道孕妇有多辛苦吗？还整天办这种折磨孕妇的活动！什么要孕妇唱歌跳舞，面带笑容勇敢面对人生！你们在肚子上绑个几十公斤的铁球上来试试？……""大梅"甩了甩肚子，台下评委直出冷汗，"……老娘现在告诉你们怀个他妈的孕到底有痛苦！孕期水肿，我现在大腿有以前两个粗！……伤风感冒，我他妈重感冒一个星期了都不能吃药！孕期便秘，你们知道有个塞子堵住屁眼的感觉吗！皮肤瘙痒，孕妇容易燥热，又容易情绪激动！孕妇一激动老公就说我们矫情，有本事你们来生啊！……"

台下的众孕妇已经在大梅的熏陶下手挽着手准备唱国歌，不过台上的"大梅"并没有停下来的意思。

"……每天挺着大肚子四处奔波还要照顾你们的吃喝！这跟嫁了个废物有什么区别？还有产前忧郁症，你们以为这是开玩笑的？孕妇心理和生理上的激素分泌不稳定，就好像你每天二十四小时感觉忽冷忽热一样！你们知道每年有多少孕妇因为忧郁症而自杀吗？死老婆对你们有什么好处？你们这些混蛋男人都应该去死！去死！懂吗！""大梅"激动地将话筒扔到了舞台上，不想话筒就地弹出飞到某评委的头上，评委瞬间血流满面。

"大梅"扔完话筒看到台下一片死寂，狠狠地冲着天空喊了一句："好了！你他妈可以重启了！"

"大梅"刚刚喊完，就听到台下如潮水般的掌声震耳欲聋，评委们纷纷亮出了满分，就连那个被"大梅"话筒打破脑袋的评委也拍着大巴掌激动不已。

这时"大梅"惊喜地发现手腕上的数字从2变成了1！就这样过关了？"大梅"一激动就感觉肚子传来了一阵剧痛，紧接着大梅感觉自己的脚下传来了一阵热流。虽然"大梅"不是很懂女人孕事，但这应该是羊水破了!"大梅"差点被自己活活吓死。

好在孕妈妈大赛对这种事情有预防措施,救护车就在会场门口候着,"大梅"被众评委争先恐后地抬上了救护车。众评委纷纷对"大梅"表示忏悔,更有家著名母婴品牌指定要"大梅"代言,不过"大梅"现在已经痛到无法感应一切。

"大梅"被众人抬上救护车时,已经陷入了半昏迷状态。

"心率加速……血压升高……瞳孔放大……病人陷入昏迷……"

几乎就在一瞬间,徐天耀感觉自己脱离了大梅的身体。他发现自己正在用某种上帝视角注视着救护车里的大梅。他看到大梅脸色苍白虚汗直流,正被医护人员急救着……

"这也是游戏效果?"徐天耀大喊了一声,他清楚感觉到了自己的害怕。他害怕看到大梅出事。

很快徐天耀就看到眼前的画面发生了变化,他发现自己竟然来到了以前就读的大学,学校的绿荫小道上清纯而又美好的大梅正抱着书本轻舞飞扬地走着。不远处一个疑似变态的男生正鬼鬼祟祟地跟在她后面。徐天耀定睛一看,那个人竟然就是大学时的自己。这时徐天耀才知道那时的自己土里吧唧的,像个白痴。

大梅貌似发现了身后的徐天耀,她回头看了看,刚刚还龌龊不堪的徐天耀猛地一下站直了身体，靠在了树边，活像个傻子。

大梅笔直走到了徐天耀的面前，问："你干吗跟踪我？"

"瞧你美的，我跟踪你？"徐天耀死要面子硬撑着。

这时不远处另一个女生快步过来："大梅，胡公子请你看电影你怎么没去啊？"

女生口里的这个胡公子是当时校长的儿子，别人都是骑自行车上课，他是开跑车上课。徐天耀当时还在靠亲戚朋友的救济过活，所以徐天耀一听胡公子也在追求大梅，当时就打了退堂鼓。

"我最讨厌的就是伪娘，我希望自己的男朋友是个真正的男人！"说这话时大梅一直看着徐天耀，而徐天耀正不知所措地东张西望着。

对于大梅的这句话，徐天耀回寝室想了很久。大梅的这句话应该是提示自己什么，但好像又不是。问题是怎样才能体现出自己是个真男人呢？

徐天耀正在寝室冥思苦想着，忽然听到楼下有同学喊："胡公子求爱了，快去瞧瞧！"

胡公子求爱了？徐天耀感觉心底一沉，随后他穿着拖鞋也混入了看热闹的人群中。果不其然，在女生宿舍的大门口，满身名牌的胡公子正站在一千多支玫瑰组成的桃心里弹着吉他，唱着求爱歌。更夸张的是胡公子身后竟然还停着辆超跑。女生宿舍的窗口上密密麻麻地站满了看热闹的小丫头，原本这种事宿舍管理大妈又或者学校保安一般都会出面赶走求爱的男生，以便恢复校园秩序，但怎奈主角是校长家的公子，所以他们集体选择性失明。

"哇！好浪漫！"

"有钱任性真好！"

"太帅了！"

"对了，他这是向谁求爱啊？"

"别多事，咱又没换频道，继续看！"

……

陆陆续续地，学校里只要是还活着可以移动的生物都被这场求爱盛事所吸引。

"胡公子，你这是在向谁求爱啊？"同学里有好事的问了一句。

胡公子一甩头发，双手在空中一拍，一旁配合的工作人员非常夸张地放出了两架无人机，在空中拉出了一个周边闪烁着五彩LED灯的横幅。横幅的底衬竟然是白花花的人民币。人民币的上面用彩色的颜料写着："大梅，我爱你！"

徐先生的五次人生

一直在空中飘着的徐天耀还记得当年的这件事，不过他几乎忘了当时自己的表现。徐天耀以上帝视角四下搜寻着自己，终于，在拥挤的人群角落他看到了一脸悲催无比的当时的自己。

一直混在人群中偷看的徐天耀心说完了，这次彻底玩完了！是个女人都禁不住胡公子这样奢华的求爱。

徐天耀一低头，弯着腰认怂地准备离开，空中的徐天耀此刻恨不得过去扇自己一耳光，大梅是自己这辈子最爱的女人，难道就这样轻易地让别人抢走？

就在徐天耀准备认怂离开时，他忽然听到原本喧闹无比的现场安静了下来，他一回头，就看到大梅竟然穿着睡衣就下来了。很快，围观的人群里发出了令徐天耀窒息的声音。

"答应他！"

"答应他！"

"完美的求爱！"

"太感动了！"

"都安静，女主角要说话了！"

……

很快现场陷入了几乎诡异的安静，大梅就这样穿着睡衣、踩着拖鞋、包着头巾吊儿郎当地站在了胡公子的面前。大梅越是不以为然，胡公子越是情难自控。

"大梅，我爱……"

胡公子一句话还没说完，大梅一耳光就扇过去了，扇得胡公子和现场的观众背后冷汗都下来了。

"什么情况？"

"打是亲骂是爱！"

"对对对，一定是这样！"

围观同学纷纷掏出手机准备发朋友圈。

"我问你一个问题。"大梅狠狠地指着捂脸的胡公子。虽然胡公子被大梅扇了一耳光，但看表情他应该很享受。

"你说！"胡公子颤颤巍巍地回了一句，那时的大梅正值人生颜值的巅峰，亭亭玉立，婀娜多姿，含苞待放，宛如一朵即将盛开的玫瑰，令人充满了向往和期盼。胡公子也是阅女无数的主，既然他能看上大梅，大梅必定是有过人之处。

"你今天求爱的这些东西，包括你身上的衣服、天上飞的这些，还有地上的玫瑰，有哪一样是你自己挣钱买的？"大梅一字一句地问。

徐先生的五次人生

"额……"胡公子张着嘴巴眼珠子转了转,"……这有关系吗?反正都是我的。"

"我这辈子最瞧不起两种人:一是自己明明有能力养活自己,但偏偏还是要吃父母的拿父母的,不停向父母索取的!"大梅这句说完,周围一大半围观的同学偷偷低下了头。

"还有一种就是自己明明是个男人,却浓妆艳抹得像个女人!"大梅这句说完,又有一小撮男扮女装的家伙低下了头。

"这两种你都具备了,所以我瞧不起你。我想要的是一个顶天立地一切都靠自己的真男人!"大梅说这句时竟然瞟眼看了下一直躲藏在人群里的缩头乌龟徐天耀。

"我可以改,我可以变成你想要的那种人!"胡公子说得很认真。

"好!"大梅点了点头,"现在我总算是有点儿瞧得起你了!下面这句话我是向所有人说的!"

大梅女王般地环视了一周。

"下个月,上海将举办一场国际铁人三项赛,但凡坚持完成所有赛程的,都有资格追求我!"大梅这句话一说完,众人纷纷掏出手机查阅,徐天耀也没闲着。很快,他就看到了大梅所说的那项赛事。

铁人三项赛诞生于1974年。那年一群体育官员聚集在美国夏威夷群岛的一个酒吧里争论，世界上究竟哪一种体育运动最具有刺激性、挑战性，最能考验人的意志和体能。有的说是橄榄球，有的说是渡海游泳，有的说是足球，还有的说是长距离自行车、登山、马拉松等，他们各抒己见争论不休。最后美国海军准将约翰·克林斯提出，谁能在一天之内在波涛汹涌的大海中游泳3.8公里，再环岛骑自行车180公里，最后跑完42.195公里的马拉松全程，谁就是真正的铁人。

第二天就有15人参加了比赛，其中还有一名女选手，最后有14人赛完了全程，就此一项融入自然、挑战自我的新型体育运动项目便在这种充满戏剧性、冒险性的情况下诞生了。

人们就把这项一次连续组合完成游泳、自行车和长跑，并在运动员体能、速度和技巧上提供挑战的综合性体育运动项目称之为Triathlon，也就是铁人三项的意思。铁人三项在奥运会上的比赛项目为：游泳1.5公里，自行车40公里和跑步10公里。

这次上海铁人三项赛因为场地的原因分为游泳1公里，自行车20公里，跑步10公里。虽然项目比奥运会标准降低了不少，但对于普通人来说也属于高不可攀的珠峰。

为了准备这次铁人三项赛，徐天耀基本把小命都豁出去了。他每

徐先生的五次人生

天在学校操场跑二十圈,然后在学校公共泳池标准赛道来回二十圈,其中有好几次都是急救员将其从水底捞起。同时每天徐天耀还会蹭同学的单车,围着整个校园口吐白沫地狂奔几十圈。徐天耀听说胡公子竟然请了十几个国际铁人三项赛的专业运动员指导自己。虽然硬件条件肯定比不上人家,但徐天耀本着神鬼怕疯子的原则准备以死相搏。不过等到比赛的当天,徐天耀彻底蒙圈了。

"请问你报名没有?"

"这玩意儿还要报名吗?"

"没报名的请退出圈外!"

就这样,徐天耀被工作人员推到了围观的人群里,很不幸,他竟然被人推到了大梅的身边。徐天耀这叫一个尴尬,他运动服也是找同学借的,运动鞋最前面还破了个洞,更难堪的是所有参赛人员身上都挂着号码,自己的身上啥都没有。

徐天耀清楚地看到胡公子身上竟然贴着8888这个吉利数字,真是有钱能使鬼推磨!

开赛前胡公子不停对着大梅这边飞吻,然后又鄙视地对着徐天耀做出了一个大拇指向下的侮辱性手势。

很快,伴随着一声枪响,比赛开始了,徐天耀看着比赛人潮的不停涌动内心感觉如坐针毡,他都没脸偷看一直站在自己身边散发着阵阵芬芳的大梅。

"快去啊!"大梅忽然对着徐天耀喊了一句。

徐天耀一脸蒙圈。

"比赛开始了谁知道谁是谁?你就说号牌掉了,快去!我看好你!"说话间大梅一把将徐天耀推进了涌动的人潮。被大梅这么一激励,徐天耀感觉自己的内心沸腾了。

游泳永远都会是铁人三项赛第一个项目,因为刚刚开始人的体力是最好的,后面的两项赛事,参赛者晕倒或者死在路上总比死在水里好处理。

一公里游泳项目看起来并不长,但实际操作起来可就没那么简单了。游泳这个项目比较特殊,不比陆地,水里的阻力通常是岸上的几倍甚至十几倍。游泳项目中不断有选手放弃,一旁的救援船只人都快装不下了,其实之前徐天耀个人的游泳纪录也就极限五百米,所以今天这一千米他基本是在玩命。徐天耀在几乎下饺子般的黄浦江里不断变换着游泳的姿势,仰泳、自由泳、蛙泳、狗刨式、漂浮、挣扎式,反正徐天耀从小到大的招数全用上了。再加上一些徐天耀现场发明的也不知道什么招数,游到最后徐天耀也不知道自己到底是在求救还是

徐先生的五次人生

在游泳。

徐天耀不知道自己什么时候漂浮到了岸边,他放眼望去,发现很多选手一上岸就没起来了。徐天耀其实比谁都想放弃,但他一想到自己只要坚持完了所有的项目,就有机会和大梅约会,随之徐天耀的第二重小宇宙就爆发了。

铁人三项赛的第二个项目是骑车,徐天耀很顺利地在路边领取了一辆他都想直接骑回学校的高级单车。这架单车的上面竟然还配备了打气筒、备胎和饮料。

"哥们儿,每辆车都有GPS,别做后悔的事!"这是工作人员对徐天耀说的话。

徐天耀胡乱地点了点头,然后埋头上路。

20公里自行车赛程,说远不远说近也不近。可能是刚刚从水压里出来的原因,徐天耀感觉自己竟然很轻松,看来铁人三项赛的赛事安排也是经过一番研究的。

虽然开头徐天耀觉得轻松,但很快他就觉得自己的体力已经到达了极限,沿路已经有不少选手放弃。徐天耀不是没想过放弃,但他一想到大梅甜美可人的样子,身体就不知不觉进入了第二个亢奋期。忽然之间,徐天耀感觉自己应该是回光返照了,自己竟然越骑越溜!

"加油!加油!"上帝视角中的徐天耀看到青春热血的自己不禁激动了起来,这就是青春该有的样子!不顾一切为了理想、为了目标埋头奋进!徐天耀忽然感觉人生的道路就像铁人三项赛,整个赛程异常艰难,而且中途可能会有很多意想不到的事情发生,没有人会逼你跑完全程,你随时都可以放弃,但是只要你坚持下来了,你得到的感悟和人生经验,绝对比你得到的奖品更加珍贵。

由于前车选手乱扔了一只易拉罐,导致徐天耀连人带车翻滚到了路边。徐天耀看到自己大腿上划出了一道长长的血道,这时一辆弃权车停在了徐天耀的身边,这种弃权车是沿途救治伤员用的,同时你也可以随时选择弃权上车。

"需要去医院吗?"弃权车上一个穿白大褂的救护人员跑到了还躺地上的徐天耀面前。这时徐天耀竟然看到胡公子骑着一辆定制款空气动力学流线型的钛金单车从自己的面前经过。胡公子双眼流泪哈喇子直流,不过就算这样,胡公子还是不失时机地对着徐天耀竖起了中指。

"我不去医院!我要继续!"徐天耀猛地从地上蹦起,吓得白大褂就地摔倒。

徐先生的五次人生

徐天耀二话没说骑上自行车埋头就冲上去了,他在脑子里幻想着大梅落入胡公子之手后的各种惨状和各种奢华幸福的模样,都令徐天耀无法忍受!现在爱与未来就在自己的手中,自己如果放弃,一辈子都不会心安!

铁人三项赛绝对是所有正式比赛项目中最考验人意志力的一种运动,长距离游泳、公路赛车、长跑,三项极度考验人类耐力和意志力的运动项目要求在很短的一段时间内完成。所有完成全部赛事的运动员,人们都给他们奉上了一个极为荣耀的名字:铁人。

徐天耀已经完全不记得自己是怎么就从骑车项目转化为了长跑项目,反正他就感觉自己的双腿机械性而又麻木地左右前后运动着。这时徐天耀发现自己好像已经落到了队伍的最后。不过这时徐天耀忽然看到胡公子狼狈不堪、破衣烂衫地跑到了自己的身边,看样子他这一路也不容易。

"五……五十万,你……你放弃!"胡公子提出了自己的条件。

"你……你……你在放什么屁!"徐天耀上气不接下气地回了一句。

"今……今天……一共有……有五十个同学……参赛,现……现在……就剩我们俩……我……我敬你是……是条狗……不!……是条汉子！……我出……一千万！"胡公子像是随时都会咽气的样子冒了一句。

"你……你说多少？"徐天耀感觉自己是不是听错了？

"一……一千万！你弃赛！"

"韩……韩元还……还是越南盾？"

"人……人民币！"

胡公子觉得只要是个人，现在都会答应，除非徐天耀的脑子有毛病。

"你……你过来！"徐天耀对着胡公子勾了勾手。胡公子靠了过去。徐天耀一把抓住胡公子的领口。

"你他妈听好了，大梅在我心里是无价的！我他妈为你感到羞耻！"已经累到差点绝气身亡的徐天耀竟然冒出了一句完整的话。

徐天耀重重地将胡公子扔向了路边，然后继续向前跑去。

"干得好，干得漂亮！"上帝视角中的徐天耀少有地为自己感到了骄傲，他欣喜当初自己做出的决定。如果自己真拿了那一千万，就不会有后来的女儿，也不会有现在大梅肚子里的宝宝，自己也不知道会在哪里悲催孤独地生活着。自己现在的一切都是在大梅的激励下拥有的！徐天耀现在才真正意识到大梅才是自己的上帝，自己的明灯！

徐先生的五次人生

徐天耀跑过终点的时候围观的人群已全部散去,他一倒地就失去了知觉,等到他清醒过来的时候发现自己竟然在大梅的怀里。

"别说话,救护车马上到!"大梅眼中竟然有关切。

"我不是在做梦吧?"徐天耀迷迷糊糊地问了一句。

"我用无人机观看了你整个比赛的过程,你是一个令人敬佩的选手!"大梅真诚地说。

"呜呜……我都是为了你!……呜呜……"徐天耀不争气地哭了。

"我相信就算没有我,你也可以完成比赛,我看好你!"

徐天耀还想说些什么,但不知不觉间,他竟然再次昏迷。

场景不知道什么时候再次发现了变化,一些徐天耀和大梅热恋中的场景历历在目。

这时徐天耀才想起自己也曾牵着大梅的手,在完美无瑕的海滩欣赏过日落。

"夕阳好美!"大梅被夕阳美得几乎醉了。夕阳下的大梅美丽得宛如仙女。

"我要把全世界的美好都留给你!"那时的徐天耀年轻气盛,满嘴都是充满了热血但却又不负责任的情话。

这时徐天耀才想起自己曾经发过誓要一辈子对大梅好。

"我徐天耀在这里对着大海发誓,以后不论天崩地裂,地动山摇,我每分每秒都会对你好!"

"你就不能说点好的啊!"大梅又气又好笑。

"我徐天耀在这里发誓,以后就算我们老了,我们走不动路了,我们头发都白了,我徐天耀也会一直牵着你的手,不离不弃地对你好!"

这时徐天耀才想起自己也曾为大梅做过美味的佳肴。

"你都做了一下午了,休息一下。"在厨房里大梅关心地看着满头是汗的徐天耀。

"没事,你坐着,我既然说过要照顾你一辈子,说到做到!"

那时的大梅脸上满是幸福。

这时徐天耀又想起女儿出生那天自己的幸福眼泪。

徐天耀将刚刚出生的楚楚抱在怀里,他和大梅一起抱着女儿哭了很久。

"我徐天耀发誓会让你和女儿过上最幸福的日子!"

"我徐天耀发誓……"

"我徐天耀发誓……"

徐先生的五次人生

"我徐天耀发誓……"

曾经的大梅相信徐天耀的每句誓言，曾经的徐天耀也相信自己会实现每一句誓言，但是这些，也只是曾经。

徐天耀看着满目的曾经，场景中他和大梅手牵着手看日落，场景中他背着大梅在沙滩上嬉戏，场景中他和大梅倾吐着情话，场景中他发誓一辈子都会对大梅好……场景中他述说着一句接着一句不负责任的誓言，不过场景很快就转到了婚后。

"我现在很忙，晚点打电话你！"徐天耀在一个酒席间快速挂断了大梅的电话，然后和客户把酒言欢着。

那时的大梅背着哭闹的婴儿徐楚楚，慌乱地关着烧开水的煤气炉，一个不小心，开水浇到大梅的脚上，几个大水疱瞬间鼓起，这个场景就算看起来都让人心痛！

大梅很快又拨通了徐天耀的手机。

"天耀，你能不能回来？"

"我说了我很忙，你烦不烦！"徐天耀再次无情地挂断了电话。

大梅几乎是绝望地看向了自己脚上的水疱，她背后的女儿哭闹得更加厉害了。

徐天耀狠狠扇了自己一耳光，不过可惜，他几乎什么都感觉不到,除了心底的痛楚。

很快场景又来到了一个面试的现场,穿戴整齐的大梅面前坐着一排面试官。

"你的各项面试结果我们都很满意,我们决定聘请你做华中地区副总裁,年薪两百万外加五险一金和一个月的带薪休假……"

大梅满脸的开心,但大梅还是说了一句:"我可以考虑一下吗?"

场景瞬间转换为了医院,大梅坐在医生办公室看着手里的化验单。

"你现在属于高龄产妇了,又是二胎,要处处小心。"医生说。

大梅脸上闪烁着不安。

很快上帝视角的徐天耀就看到大梅回到了豪宅,她一进门就看到了正坐在沙发上无所事事看着球赛的徐天耀。徐天耀光着脚丫子,喝着啤酒,正在拍手喊着。

"快射啊,你这个笨蛋!"

大梅一直注视着徐天耀,徐天耀却无视大梅的存在。这时徐楚楚从里屋走了出来,关心地问:"妈,您回来了。"

大梅微微点了点头,对徐天耀说:"天耀,能不能跟你说个事?"

"没看我正忙着吗!"徐天耀的目光一直就没离开过电视。

徐先生的五次人生

上帝视角中的徐天耀尝试着将沙发上的自己掐死,但怎奈自己只是个虚幻。

场景忽然之间变成了大梅一个人在厨房忙得不可开交,她一边切菜一边煮汤,一边还要炒菜,这时外面传来了徐天耀的喊声:"好了没有?你到底会不会做饭?"

"好了!马上就好!"大梅将切好的菜倒在了锅里,锅里的油瞬间溅到了大梅的脸上。她条件反射地往后一退,手划过了一旁锋利的进口钢刀,鲜血顺着大梅的手腕就下来了。这时徐天耀懒懒洋洋地走进了厨房,抱怨着:"怎么还没好?"

大梅抬了抬自己的手,她渴望得到徐天耀的安慰。

"怎么这么不小心?柜子里有纱布,以后小心点!"扔下这句,徐天耀竟然自顾自地离开了厨房。当时大梅就蹲地上哭了,一旁一直注视着一切的徐天耀恨不得一头撞死。

这时大梅的手机响起,她哭着接通了电话。

"请问是大梅女士吗?这里是锦天国际,请问您关于副总裁的职位考虑得怎么样了?"

"……我不去了……我要生孩子,我要照顾家……"大梅哭着挂上了电话,原来大梅背地里竟然为自己牺牲了这么多,而自己竟然毫不知情。徐天耀感觉自己周身上下简直就没有一丁点儿对得起大梅的地方！

"不就是怀个二胎吗？干吗这么矫情？我就不懂你们这些女人了，一丁点破事都扛不下来，还生什么孩子！"

"你再辛苦有我辛苦吗！我赚钱不就是为了你们享受吗！"

"别跟我叫屈，我比你辛苦得多！"

"我现在很忙，没空管这些，你自己看着办！"

"我真是服了你，这么点小事都做不好！"

"我又不是你，怎么可能知道你的感受？"

在一阵阵徐天耀横蛮不讲理的无知言论中，他感觉自己再次回到了大梅的身体中，那种撕心裂肺的痛楚再次回来！

"醒过来了，孕妇醒过来了！"

"大梅"醒来时发现自己脸上罩着氧气罩躺在救护车里，医护人员第一句话就问："你老公呢？"

"大梅"颤抖着掏出手机，拨打了徐天耀的电话。

"大梅？"电话里传来了徐天耀悠闲的声音。

"我……我要生了！""大梅"满头大汗地冲着手机喊。

"什么？信号不好，我做脚底按摩呢，晚点打给你。"

徐先生的五次人生

"徐……徐天耀，我是你大爷！"

"什么？大什么爷？哎哟好舒服，我待会儿打给你……"徐天耀挂上了电话，0.5秒之后手机被"大梅"扔了出去。

"大梅"被救护车送到了上海市第一人民医院，很快他就被医护人员推进了产房。负责"大梅"生产的竟然是之前帮徐卫国打石膏的胖医生。

对于自然分娩的孕妇来说，子宫口必须开十指才能正常生育，什么叫开十指呢？说得简单粗暴点就是正常人的屁眼通常都是一到二个指头的大小，但是孕妇需要将屁眼张开到十根手指的大小才能生得出孩子，这也是为什么很多孕妇生产时会产生阴道撕裂的可怕后果，可见一个女人想要顺利地生下一个孩子到底有多危险！

"呼……吸……呼……吸……"胖医生在一旁指导着已经痛得歇斯底里的"大梅"。

"我……我实在……生不出来！""大梅"悲催地大叫着。

"别怕，已经开五指了，距离十指不远了！"胖医生安慰道。

"大梅"本想顺着医生的指导呼……吸……呼……吸……但真的一点狗屁用都没有，"大梅"依旧觉得自己快要死了！

"不用担心，我看记录你有顺产的经历，这次应该没问题！"

"我……我……我要剖腹产！""大梅"总数明白了很多孕妇为什么情愿挨刀子也不愿顺产，实在是太可怕了！

"我们医院一直提倡顺产，相信自己，你一定能行的！"胖医生真的是站着说话不腰疼。

"大梅"不停尖叫着，但旁边的一众医护人员好像早已见惯了这种场面，也并未感到太过惊异。

"再坚持一下，已经开七指了！我们可以看到头了！"胖医生看了看"大梅"的屁股说。

"我……徐……徐天耀……我……我恨死你！"

"很好，你现在可以说一些刺激自己的话！只要可以帮你生产，说什么都可以，比如银行密码什么的。"胖医生笑呵呵地自以为很幽默地说。

"你过来！""大梅"全身湿透地冲胖医生喊了一句。胖医生屁颠屁颠地去到了"大梅"的面前。"大梅"一个拳头打过去，胖医生竟然挺住了。

"呵呵，我就知道你要打我，很正常，我不怪你！"胖医生顶着熊猫眼笑着说，这样的医生也太敬业了！

"开八指了！用力！再用力！加油！"胖医生满脸期待地说。

"我……我……快死了……""大梅"真的感觉自己已经气若游丝。

"想想你怀孕吃的苦，想想你老公对你的不公，想想社会对孕妇的不公，你老公现在也许背着你偷情呢！"

胖医生别的不行，刺激人倒是一流。"大梅"感觉自己的小宇宙彻底被胖医生激发了。他将自己对徐天耀所有的仇恨，对世界所有的仇恨一股脑地顶向了屁股。就在"大梅"用尽最后一丝力气准备死去的时候，他忽然听到了一阵天使的啼哭。

一个全新的生命诞生在了这个世界上，"大梅"满脸的泪水洗刷着作为徐天耀所犯下的罪过。

"是个男婴！很健康！"

胖医生将宝宝抱到了"大梅"的面前。"大梅"的视线早已模糊，他现在只想将这个自己拼尽全力生下的孩子拥入怀中。但就在胖医生手里的宝宝几乎快要接触到"大梅"双手的时候，游戏进入了下一关……

徐先生的
五次人生

9　我是一条狗

徐天耀回到游戏选择界面的时候,他的双手还环抱着,他满脸是泪地看向了自己空空的怀抱。

"我儿子呢?"徐天耀哭着问。

"恭喜过关。"空中的女声好似充满了喜悦。

"我儿子呢?"徐天耀越哭越厉害,他无法忍受这种骨肉分离的痛楚。他总算是明白了为什么母亲会更疼爱子女,当真是自己身上掉下来的一块肉!

空中最后一张贴纸无情地飞到了徐天耀的胸前。这次徐天耀连看的力气都没有了。他一直看着自己空旷的双手,这本是一双可以拥有一切幸福的双手,但自己却将幸福一再地糟蹋!

"游戏开始,祝你好运!"

汪……汪汪……汪……

徐天耀在路边镜子的反光里看到了那只曾经被徐楚楚收养但被自己扔出家门的小狗杰瑞。他是从镜子反光处的狗牌上才知道这只狗叫杰瑞,之前这只狗在徐天耀脑海里的名字叫"野狗"。

徐天耀这关变成了一只狗,他现在想死都没办法了。

"杰瑞"低头看了看狗腿上捆着的电子表,电子表上显示着数字1,然后它就看到迈克陈戴着墨镜笑呵呵地出现在了自己面前。

迈克陈蹲下身子摸了摸"杰瑞"的狗头,说:"这关很简单,只要找到愿意收养你的家庭就可以了。"

"等我变成人找遍全世界也要干掉你!"这是徐天耀对迈克陈的喊话,不过这些话从"杰瑞"的嘴里出来就变成了:"汪汪……汪汪汪……汪汪汪……"

"别生气,以后有点爱心就什么都好了。"迈克陈又摸了摸"杰瑞"的脑袋。

"杰瑞"刚刚准备咬迈克陈,但这时一旁一个倒垃圾的人无意从垃圾袋里掉出了一根骨头,"杰瑞"几乎是本能反应地冲向骨头舔了起来,等到"杰瑞"意识到问题的严重性回头看向迈克陈的时候,他早已消失无踪。

这下好了,真的从人变狗了,而且还对骨头没有免疫力,还有比这更悲催的事情吗?

　　不过找到一个收养自己的家庭应该不难吧？至少"杰瑞"刚刚开始的时候以人类的思维是这样想的。

　　一转眼一星期过去了，"杰瑞"想尽一切办法逢人就摇尾巴装可爱，同时它还要和其他数不清的野狗争口粮，更可气的是晚上就算找个睡觉的地方，也会被各种各样的人驱赶。"杰瑞"就算遇到对狗狗感兴趣的人，也最多就是逗着自己玩玩，改善改善他们的心情后，再狗不关己地离开。不过很多人不是喜欢用棍子追赶自己，就是用脚踹自己，更别说长期不洗澡身上跳蚤带来的钻心的难受。

　　流浪野狗——这就是"杰瑞"一个星期之后在镜子里看到自己的模样。一个星期的风吹雨淋饥寒交迫之后，"杰瑞"看到狗腿上电子表里坚挺的数字1，"杰瑞"有一种身处地狱万劫不复的感觉。

　　经过一个星期面对现实的洗礼，"杰瑞"已经对被人收养完全没有了信心，整日在街上闲逛，然后吃其他野狗吃剩的食物就是徐天耀现在全部的生活。早知道流浪狗过得这么辛苦，徐天耀当时说什么都不会将"杰瑞"无情地扔出门口。徐天耀现在对自己的那句口头禅"我又不是你，怎么可能知道你的感受"感到了深深的懊悔和自责。现在的一切简直就是自己活该自找的！

这天"杰瑞"在一家药店的门口从一只流浪的吉娃娃口里争下了一块过期猪排后,懒洋洋地趴在地上晒太阳。冬日的太阳实在宝贵,同时也稍纵即逝。就在"杰瑞"用爪子梳理着昨天刚刚被雨水清洗过的毛发时,忽然听到了一个声音。

"师傅,您的药。"

一个药店的工作人员拎着一个小袋子追了出来,前面不远处一个背影枯槁的老大爷回头看了看。

老大爷这一回头,原本趴地上的"杰瑞"猛地站立起来,这个老人竟然是自己的父亲徐卫国!

"唉,瞧我这记性。"徐卫国满脸抱歉地接过了药袋。

"您这么大年纪,临出门的时候又忘记拿药,最好去医院检查一下。"工作人员善意地提醒道。

"谢谢,谢谢,我回头就去医院检查检查。"徐卫国点了点头,工作人员微微摇头离开。

徐卫国转身离开,"杰瑞"机敏地跟上。

徐卫国才走了不到五六步,忽然停下自言自语:"哎?刚刚我准备做什么来着?"

徐卫国努力回忆着,但怎么都想不起来。

"你说要去医院检查检查！""杰瑞"在一旁提醒着，不过翻译成狗语就是："汪汪汪……汪……汪汪……"

徐卫国看了看"杰瑞"，继续向前走。很快徐卫国就发现自己走狗也走，自己停狗也停，索性徐卫国转身蹲到了"杰瑞"的面前仔细看了看。

"你也没人要吗？"

"汪汪……汪汪汪……"

"杰瑞？怎么中国狗老起外国名字？"徐卫国看到了杰瑞的狗牌。

"汪汪汪……汪汪……"杰瑞努力回应着，父亲也许就是自己过关的希望！这简直就是对徐天耀人生的最大讽刺。

"唉，瞧你这瘦的。"徐卫国摸了摸狗身，心疼地说。

徐卫国起身左右看了看，低头对"杰瑞"说："跟我来。"

徐卫国领着"杰瑞"去了附近的公园，这个公园徐卫国偶尔会来遛弯。

徐卫国特意为"杰瑞"买了半只烤鸭，"杰瑞"简直比吃满汉全席还激动。"杰瑞"已经记不得自己多少天没吃过一顿饱饭了！

"饿了吧，多吃点。"徐卫国毫不嫌弃地摸了摸杰瑞的狗毛。

"唉……"徐卫国看着"杰瑞"忽然深深叹了口气,"……人老了,没用了,本来想厚颜无耻地和儿子住一起,但就是拉不下这个脸。说了你都不信,孙女一直当我死了。"徐卫国无奈地摇了摇头。

徐卫国说的这些别人可能听不懂,但是"杰瑞"就是徐天耀,他比谁都清楚!

"汪汪……汪汪……汪汪汪……"杰瑞的叫唤翻译成人话就是:"爸爸,对不起,千错万错都是我的错!您一点儿错都没有!"

可惜徐卫国不懂狗语,不过他应该是理解了"杰瑞"的回应。

"你知道我在说什么?"

"杰瑞"原地不停打转,徐卫国微微有些吃惊。

"想不到有这么通人性的狗!"

徐卫国试图想和"杰瑞"进一步交流,但这时公园不远处的小树林里传来了一阵喧嚣。

"小妹妹,这么水灵,陪哥哥玩玩!"

公园的小树林里一高一矮两个小混混正围着一个手里拿着英文课本的女学生。

"我喊人了!"女学生高声地说着,她试图引起路人的注意,但刚刚经过的两个慢跑路人一听这话跑得更快了。

徐先生的五次人生

"你喊啊！这年头谁还见义勇为？"矮个小混混色眯眯地打量着女学生的全身。

徐卫国和"杰瑞"就在距离小树林不到五米的地方，小混混的这些话他们听得很清楚。徐卫国几乎想都没想就准备往树林里冲，但"杰瑞"快步挡在了徐卫国的面前叫唤了一阵，意思好像提醒徐卫国别做傻事。

"大丈夫有所不为有所必为，这件事就是必为！"徐卫国绕开"杰瑞"笔直冲着小树林走去，"杰瑞"只好担忧地摇着尾巴跟上。

"小妹妹，趁现在没人，哥哥给你检查检查身体！"高个混混刚刚准备动手就听到一阵怒吼传来。

"年纪轻轻的不好好工作，跑公园来刁难小丫头干吗？"

高矮混混一转头，就看到了还在喘气的徐卫国。

"死老头子，关你什么事！"矮个混混目露凶光，"杰瑞"的角度正好看到了混混藏在腰间的凶器。

"你这个'死'字用得就不对了，你看我这不是还在跟你说话吗，你说我死了不就说你自己吗？"徐卫国简直就是动之以情晓之以理，一旁的"杰瑞"都快急疯了。

"你他妈真是活得不耐烦了！"高个混混一转手，从身后掏出一把匕首，敢情两个混混都带着家伙，一旁的女学生吓得手里的课本都掉到了地上。

"刘警官，这么巧？"徐卫国忽然冲混混们的身后喊了喊。

警官这个词对于混混来说可是致命的，高矮混混快速隐藏起了凶器，然后朝着徐卫国打招呼的方向看了过去，但什么都没看到，等到他们回头的时候徐卫国正拉着女学生急速狂奔着。

徐卫国办法是用对了，但年龄不饶人，他再快也不可能快过那两个年轻力壮的混混。"杰瑞"试图用自己单薄的身体挡住混混的去路，谁知高个混混一抬脚差点把"杰瑞"给踢得游戏重启。

徐卫国又跑了大概五十米，他回头看了看两个混混几乎近在咫尺，索性他将女学生往前一推。

"快跑！别管我！"

"大爷您叫什么？"女学生最后问了一句。

"我叫'雷锋'！"

一转眼，女学生跑没影了，徐卫国一转身挡住了两个混混的去路。

两个混混殴打徐卫国的时候，至少有十几个群众围观，但却没有一个敢于出手相帮的。就连及时赶到的"杰瑞"也差点被混混打断狗腿，要不是最后女学生带着警察及时赶到，徐卫国差点就被活活打死。

"大爷，以后别逞能，再遇到这种事记得第一时间报警！"这是警察做完笔录之后对徐卫国说的话。

"杰瑞"极为生气地冲着警察汪了汪，警察没理他。

徐卫国满脸是伤地在小巷子里走着，他的右眼已经出现了明显的肿胀，一旁跟着他的"杰瑞"义愤填膺地四处乱窜。刚刚"杰瑞"试图撕咬那两个混混，但怎奈本事太小，"杰瑞"只有被混混踢开的份儿。

徐卫国全身酸痛地走着，忽然听见了"杰瑞"的哀嚎，他转头看了看"杰瑞"，这狗好像也伤得不轻。他用警察临时提供的简单药品给"杰瑞"的狗腿涂了涂药，然后自个叹了口气。

"我跟你说，要是年轻那会儿他们哪是我的对手，我儿子总笑话我是孬种，你看我像孬种吗？"徐卫国盯着狗眼问。"杰瑞"对着父亲又是一阵哀嚎。

徐卫国也许是给狗涂药蹲久了，好不容易才撑着一旁的墙壁站起，"杰瑞"看出父亲的身体已经到了没人照顾完全不行的地步，他回想着自己对父亲的所作所为，狗眼开始掉泪。

"唉，算了，说多了你也伤心，在狗面前我就不吹了，刚刚要不是小丫头及时报警，我估计就回不去了。不过我这事做得没错，对吧？"

"汪汪……汪汪汪……""杰瑞"闪烁着赞同的狗眼。

徐卫国点了点头，表现出了些许的安慰，不过他左右看了看，问："我住哪里来着？我怎么给忘了？"

"杰瑞"在徐卫国面前叫唤着转了几个圈，然后示意徐卫国跟着自己走。

"你知道我家在哪儿？"徐卫国好奇地问。

"汪汪……"杰瑞非常肯定地回答，那个该死的八楼"杰瑞"也是住过一段时间的。

小公园距离徐卫国的住处并不远，"杰瑞"带着徐卫国只用了不到十五分钟就来到了楼下。

徐卫国抬头往上看了看。

"对对对，就是这里的顶楼，我儿子帮我租的房子！"

听着徐卫国的话，"杰瑞"也不知道应该高兴还是难过。

"对了，你怎么知道我住这里？"徐卫国好奇看向"杰瑞"，"难道我们以前认识吗？我真的不记得了。"

徐先生的五次人生

"杰瑞"在徐卫国面前兴奋地转圈，只要徐卫国开口收养自己这关就过了。看形势这事没跑了，就在"杰瑞"沉浸在快要过关的喜悦之中时，一辆不知道从哪来冒出来的面包车一个急刹停在了"杰瑞"的身后。车门快速打开，"杰瑞"就感觉自己的眼前一黑，车里伸出的一双黑手套几乎转瞬之间就将他拖上了面包车。

"杰瑞"的脑袋被一个麻布袋紧紧地捂着，他不停地大叫着，但没人理他。

"杰瑞"在面包车上挣扎了大概有十来分钟，最终"杰瑞"头上的麻布袋被人拉开。

"杰瑞"第一个看到的是一个戴着黑框眼镜、满脸横肉的年轻人。年轻人的对面坐着一只眼罩着眼罩、脸上还有刀疤的中年人，除此之外"杰瑞"注意到司机应该也是一伙的。

"大，大，大哥，你，你说咱，咱们向赵总要，要，要多少钱？"胖子竟然是个结巴。

"少说五万吧！"刀疤男冒了一句。

"瞧你们那点志气，赵总是做房地产的，至少也得五万八！"最前面的司机说了一句。

"杰瑞"心想这些人也是让自己醉了，为了几万块坏自己的大事！

"对对对，就，就五，五万八！"胖子附和了一句。

"这狗还挺可爱的。"刀疤男竟然是个有爱心的人。

这时司机回头看了看"杰瑞"，一阵急刹将车停在了路边。

"你们这是什么眼神？这是哈士奇吗？这是哈士奇吗！"司机怒吼着。

"这，这，这不是哈，哈士奇？"胖胖不解地看了看"杰瑞"。

"给老子扔出去！"司机大吼了一声，随后刀疤男将"杰瑞"的脖子一抓，打开车门就扔了出去。

"杰瑞"被面包车扔在了一个前不着村后不着店的僻静之处。"杰瑞"左右嗅了嗅，决定再跑回徐卫国的住处，但"杰瑞"才跑了不到一公里就被一辆酒驾的电动车直接轧过了右腿。这也就是电动车，要是汽车"杰瑞"直接就废了。

"杰瑞"这是新伤摞旧伤，痛得几乎全身抽搐。他本想硬撑着去找徐卫国，但怎奈伤势实在太重，才走了不到十几步就疼得趴在路边不停舔着自己的伤口。更可气的这时又下起了一阵小雨，上海冬夜里的小雨对于流浪狗可以说是致命的，原本就低到没边的温度瞬间变得更加刺骨。

"杰瑞"在街上继续游走着，很快它来到了一家大型超市的门口。"杰瑞"渴望能够在这里找到一些可以让自己苟且活命的食物。就在"杰瑞"四处搜寻的同时，它忽然看到一个大着肚子的孕妇抱着一个大大的西瓜正在艰难地行走着，孕妇一个不小心，将手里的西瓜滑落，西瓜很快就滚到了"杰瑞"的身边。这时"杰瑞"才发现刚刚那个孕妇竟然是大梅！为了避免大梅受到自己肮脏身体的细菌感染，"杰瑞"快步跑向了阴暗处。很快他就看到大梅艰难地过来捡起了西瓜，这时大梅应该是接到了徐天耀打来的电话。

"买到了，无籽的！你能不能来接我？这里不好拦车……喂？喂！……你还是不是人！"大梅几乎是流着眼泪挂上了电话，随后大梅艰难地提着西瓜撑着身子走向了地铁口。

一旁一直注视着一切的"杰瑞"感觉现实中的自己简直连条狗都不如，竟然这样对待怀孕临产的老婆！

这时"杰瑞"忽然看到了一根不知是谁滑落的骨头，本能的反应让"杰瑞"不顾一切地冲了上去。不过很快就有五六只野狗凶猛地过来抢食，"杰瑞"瞬间被攻击得体无完肤。

正当"杰瑞"感到绝望的时候，他忽然感觉有双温暖的手将自己抱起，"杰瑞"撑起脖子看了看，抱住自己的竟然是秘书小赵！

小赵没打雨伞，但他却将"杰瑞"放入了怀中。"杰瑞"竟然在小赵的胸口感觉到了温暖,"杰瑞"哀鸣了几声,他想对小赵道歉,但却无能为力了。

小赵一直抱着"杰瑞"去到了奶奶的夜市,好在是场过路雨,夜市这边并未受到侵袭。

为了"杰瑞",奶奶暂时关闭了夜市的生意,特意跑去两公里远的通宵药店,买了些纱布和消炎药将"杰瑞"的伤口包上。

"奶奶,夜市怎么办?"奶奶在帮"杰瑞"包扎时小赵问。

"命比什么都重要。"奶奶笑了笑,她好像很喜欢"杰瑞"。

"要是咱们家再大点,把它收养了多好。"小赵叹气说。

"嗯,但是你从小都对狗毛过敏,你一和狗待久了就会咳嗽。"奶奶说出了自己的苦衷。

"杰瑞"在奶奶的手里挣扎了一番,奶奶一放手,"杰瑞"在地上打了几个圈,奶奶包扎的手艺真是不错,不过自己现在需要去找徐卫国。"杰瑞"冲着奶奶和小赵汪汪了几句,一路小跑消失在了夜市的人流之中。

"杰瑞"毕竟不是真的狗,所以在嗅觉这块他有所缺失,"杰瑞"竟然迷路了。

夜更深了,空气中的寒气越来越重,"杰瑞"再次漫无目的地在街上游走着。上海是一座完美融合了古典和现代的都市,很多建筑之间都保留着旧时里弄的特征和气息。"杰瑞"就这么徘徊在古典和现代之间,也不知道游走了多久,此刻"杰瑞"才知道原来狗也是会累的。他索性趴在了一家二十四小时连锁快餐厅的门口,可怜兮兮地舔着自己腿上已经浸血的纱布。

经过一段时间的劳累和奔波,"杰瑞"是真的饿了,他睁着狗眼四处张望着,渴望捡到可以充饥的狗粮。这时快餐厅的门猛地被人推开,"杰瑞"看见先是一个女孩被人推了出来,然后餐厅里的人大声地抱怨着:"嫌累就别干了!"

"不是我嫌累,那是别人刚刚吐的!"

"杰瑞"的狗耳朵一竖,这不是徐楚楚的声音吗?

"听我解释!"

"这里不欢迎你!你不用在这儿干了!"餐厅里的人重重关上了大门。

徐楚楚狠狠跺了跺脚,愤愤地坐到了一旁的长椅上。

很快徐楚楚就看到一个和自己一样可怜,腿上纱布还冒着血丝的小狗出现在了自己面前。

"杰瑞"不停地在徐楚楚面前打着转,然后发出一阵阵的哀鸣。

徐楚楚伸手将"杰瑞"举在了自己的面前，同病相怜地问："你是不是没人要？"

"汪汪……汪汪汪……"杰瑞不停表现出可爱的神情。

"你要是没人要我就带你回家。"徐楚楚擦了擦眼角说。

"杰瑞"竟然点了点头，这让徐楚楚感觉非常意外。

"哇，你竟然会点头？"

徐楚楚骑了辆共享单车将"杰瑞"放在了前面。虽然晚风很凉，但徐楚楚哼歌的样子让徐天耀回想起了女儿刚刚学会走路的那会儿。自己就像现在这样骑着辆老式凤凰自行车，载着老婆女儿全上海地四处跑。那个时候虽然很累，但一家人聚在一起的时间至少是现在的十倍。

人是需要陪伴的，感情也是需要时间和相处来累积的，就算你再爱一个人，甚至为了她愿意牺牲一切，但如果你总不在她的身边，一切的爱意也只是虚无。不论是恋人的爱还是亲人的爱，都需要长时间的相伴和交流。如果没有时间上的付出，一切相爱的记忆就不复存在。

徐天耀希望这段回家的路长点，他回想着与女儿相处的时光，记忆中的美好仿佛都停留在了女儿七岁之前。女儿七岁之后的日子，徐

徐先生的五次人生

天耀的整个记忆中只剩下了所谓的金钱。长久以来徐天耀都认为钱可以解决一切的问题,但此时此刻徐天耀才明白,原来亲人之间相互的依偎、相互的拥有,才是最有意义的。

徐楚楚骑了大概有十来分钟就到了自家豪宅的楼下,门口的保安冲着徐楚楚礼貌地敬礼,然后很好奇地看着徐楚楚骑着共享单车进入了这片豪宅区。

徐楚楚将车停在了楼下,很小心地对"杰瑞"说:"待会儿我带你上去,你可千万别出声,我爸是个很奇怪的人。"

"汪汪……""杰瑞"实在太了解徐天耀的为人了。

徐楚楚高兴地点了点头,这么通人性的狗自己早想拥有了。

徐楚楚轻手轻脚地将"杰瑞"带进了自己的房间,"杰瑞"沿途看着眼前熟悉的一切差点哭瞎狗眼。

徐楚楚帮"杰瑞"洗澡换了绷带,让其饱餐了一顿,徐天耀自从做狗以来从未感觉如此地清爽。

徐楚楚将"杰瑞"放在床上仔细看着他的眼睛,说:"我们以前见过吗?我怎么感觉你很眼熟?"

不熟才怪!"杰瑞"冲着徐楚楚又是一阵哀鸣,她赶紧竖起食指做出嘘的手势。

"千万别出声,我爸要是看到你可就完了!"

"杰瑞"即刻闭嘴,徐楚楚开心地笑了笑。在徐天耀的记忆中已经不知道多久没见过女儿笑得如此开心了。

"你知道吗,其实我从小到大都想要只你这样的狗狗,但是我爸一直反对。我爸做人做事永远都是站在自己的角度思考问题,从来不会顾及别人的感受。"徐楚楚冲着"杰瑞"抱怨。

"我告诉你啊,等我打工攒够了钱就和妈妈搬出去住!我一定要让我爸知道没有他我和妈一样可以过得很幸福!我现在也不能算正式收养你啦,等我有机会去跟爸爸谈谈。如果他不同意收养你,我会把你转交给我的朋友,你这么乖巧,一定很多人抢着养你。"徐楚楚在床上翻了个身,"杰瑞"又是一阵紧张的徘徊。

"不过我爸也不是一无是处,我小的时候那段时间还是很开心的。那个时候没有这么大的房子,我和我爸妈住在一个转身都困难的小房子里。那个时候我们几乎二十四小时都可以随时看见对方,知道对方的一切感受,听得见对方说的每一句话。但是现在,我们每个人都有自己的房间,就算是吃饭看电视都不在一个地方,你说住这么大的地方,人与人的距离反倒疏远了,多没意思。"徐楚楚长长叹了口气。

"杰瑞"没有出声,而是将身体缓缓移动到了徐楚楚的身边,依

徐先生的五次人生

假在了她的身旁。现实中，徐天耀长久以来都以为女儿老婆过得很幸福，他记得女儿说的那段时光。那个小房子就在以前还没拆迁的城郊老城区，几十平方米，厕所和厨房都是公用的。那个时候的邻里关系真的很和谐，邻里间宛如住在一起的亲人，不像现在的高楼大厦，真的是隔壁住的是人是鬼都不知道。如果真的可以再回到那些旧日的时光，徐天耀感觉自己愿意为之付出一切。人就是这样，拥有的时候永远不知道珍惜，每当失去的时候才会出现些许的遗憾和抱恨。

"杰瑞"不知道自己是什么时候睡着的，反正徐天耀感觉自己自从进入游戏以来，从来没有睡得如此舒服过，他甚至感觉到了有一道暖暖的阳光从窗口照射在了自己的狗毛上。也许是太过得意忘形，"杰瑞"一睁眼没看到主人竟然大声地叫唤了起来。

"汪汪……汪汪汪……"

这一叫唤"杰瑞"就后悔了，因为它听到了门外徐天耀的声音。

"什么声音？"

"没声音。"

"我明明听见了！"

"你凭什么进我房间？"

"我是你爹！"

很快"杰瑞"就听到了一阵脚步声逼近了房门,"杰瑞"想要躲藏的时候为时已晚,几乎就在看到徐天耀厌恶目光的同时被其一把抓起。

不论"杰瑞"怎么挣扎嚎叫,徐天耀竟连一丝的怜悯之心都没有。

"你放开它!"徐楚楚想拦住父亲的去路。

"让开!"徐天耀一把推开女儿去向了客厅。

徐天耀将"杰瑞"拎到客厅和徐楚楚争吵了起来,不过"杰瑞"的注意力无意中被客厅的电视新闻所吸引。

新闻画面是一个拆迁现场,"杰瑞"一眼就看出新闻画面里的那栋楼就是徐卫国的住处,电视里传来了主播的声音。

"刚刚老城拆迁区一名徐姓老人晾衣服时疑似从楼上坠落,据称这位徐姓老人还有一位儿子在金融公司就任高管……"

徐姓老人,儿子是金融公司高管,这不就是自己的爹吗?

"杰瑞"一急,反口咬了徐天耀一下。徐天耀惊慌地将"杰瑞"扔到了地上。"杰瑞"顾不了那么许多,埋头就冲着门口跑去,这地理环境,没人比"杰瑞"熟。

"杰瑞"在路上一阵狂奔,他一直跑到腿上的绷带全部滑落,伤口上的疤痕整块地脱落,那股子钻心的痛不停地向狗心袭来,腿上的鲜血越流越夸张。不过"杰瑞"全不在乎,他只想第一时间知道父亲的安危!

"杰瑞"用尽全力跑到老楼楼下时,很多人还在围观和议论。

"真是可怜,这么大年纪还住这么高。"

"就是,他儿子真是狼心狗肺。"

"救护车来了半天了,也不知道是生是死。"

就在"杰瑞"试图穿过围观人群的时候,他忽然听到了一阵救护车的鸣笛声,随后"杰瑞"就看到人群的侧面一辆救护车闪着顶灯疾驰而去。最终"杰瑞"穿过人群看到了地上残留的血迹,他顿时感觉自己的狗心一紧,随后他发疯似的朝着救护车离开的方向飞奔而去。

狗跑得再快也不可能有救护车快,一路上"杰瑞"为了不被救护车甩掉基本上已经玩了狗命。好几次"杰瑞"都被路上呼啸而过的汽车擦得满地翻滚,但一丝一毫想要放弃的念头都没有。这一路上"杰瑞"的伤口又增加了好几处,昨夜徐楚楚清理干净的毛发早已变得满是污迹和血痕,不过"杰瑞"依旧如同追出的第一步那样充满了力量!不过"杰瑞"始终是高估了自己的实力,在追着救护车跑了大概十来公里的时候,一辆送货车差点从"杰瑞"的身体上碾压了过去,好在"杰瑞"本能反应地往路边一躲，不过货车还是无情地从杰瑞的右腿上碾压了过去。"杰瑞"的那只狗腿瞬间变形，那是一种无法用语言来形容的剧痛，痛到"杰瑞"都想尽快结束自己的狗命。但他一想到父亲便提着最后的一丝力气，忍住剧痛一瘸一拐地继续追寻着救护车的踪迹。不知熬了多久，"杰瑞"最终在上海市第一人民医院的门口看到了那辆尾号是1127的救护车。

别人的味道"杰瑞"可能不知道，但父亲的味道"杰瑞"永远记得。

"杰瑞"很快就凭借着自己的嗅觉找到了父亲的病房。病房里的父亲戴着厚厚的氧气罩，面无血色地躺在病床上，一旁的仪器冰冷的记录着徐卫国微弱的生命特征。

"杰瑞"哀鸣着趴在了病床的旁边，他看着徐卫国氧气罩里微弱的热气和毫无血色的面容思绪万千。如果父亲真的就这样死了，徐天耀情愿永远待在游戏里做一条狗，因为这是自己应得的惩罚。

此刻"杰瑞"很明显感觉到了自己身上所有伤口宛如刀割般的痛楚，还有骨折的那条狗腿痛得就好像有刀在自己的骨头上来回地刮。

也许是极度疲劳所致，"杰瑞"感觉自己的狗眼有些昏花，狗头有点抬不起来。他抖着身子拱起了脊背。那脊背上的毛一根根因为

徐先生的五次人生

水渍紧紧贴服在身上。"杰瑞"撑了又撑，最终卷起尾巴极度失落地眨了眨眼睛，他将自己的脑袋搭落在前爪上准备昏睡。不过几乎连眼睛都没合得太拢就听到了一阵仪器的躁动声，"杰瑞"瞬间警觉地站起，他看到病床边一些不知名的仪器各种闪烁报警着，很快一些医生护士慌乱地奔跑了进来。

"狗怎么进来的？"

"好像是患者的狗。"

"先别管它，先救人！"

"心脏除颤器……"

"肾上腺素1毫克……"

"呼吸器……"

"心脏按压……"

……

"杰瑞"抖立在一旁，他瞅着满目的慌乱与绝望，时而摆尾，时而乱窜，几乎没用多久医生护士们的动作渐渐慢了下来，仪器上的生命痕迹也逐渐停止，随后"杰瑞"就听到有声音说："病人死亡时间，上午十点三十九分。"

徐卫国被人用床单盖住了脸，"杰瑞"的脑子经历了一秒空白之后发疯似的扑到了病床上。"杰瑞"用自己尖锐的狗牙将床单拉开，徐卫国惨白的脸颊出现在了"杰瑞"面前，本有护士想要阻止但被医生拦住。

"难得有这么忠诚的狗，让它去，现在赶紧通知死者家属。"

"他手机里就他儿子一个号码，已经打了。"

"他儿子怎么说？"

"他儿子说死不死都不关他的事。"

"还是人吗？"

"简直就是畜生！"

"连这只狗都不如。"

"杰瑞"在徐卫国的病床上徘徊了有近一个小时，最终"杰瑞"明白了死不能复生，他缓缓地将床单又给徐卫国盖上，然后蜷曲在病床边趴着。徐天耀感觉自己已经很累了，累得甚至已经看淡生死。

"小家伙，你这么忠诚的狗真是世间少有，有没有兴趣和我一起住？""杰瑞"看到一个胖乎乎的医生出现在了自己的面前。"杰瑞"刚刚准备叫唤，它就看到眼前白光一闪。

10　隐藏游戏

徐天耀再次回到了游戏界面，他看着满目的虚无，感觉自己几乎连站立的力气都没有。

"欢迎过关，下面是最后一关。"

本来空无一物的游戏界面忽然出现了一张黄金色的贴纸。

"我靠，刚刚那不就是最后一关吗？"徐天耀红着眼睛质问。

"你不知道所有的游戏都存在隐藏关卡吗？"空中竟然传来了迈克陈的声音。

"隐你妈个头！你最好不要让我活着出去！只要还有一口气我就……"

徐天耀的话都还没说完，他就看到那张黄金色的贴纸飞到了自己的胸口，随后他就感觉眼前一黑。紧接着徐天耀听见了一阵刺耳的鸣笛声，他猛然从车座上醒了过来。

徐天耀从车座椅上醒来后对着后视镜仔细看了看自己的脸，然后又看了看自己的胸口。胸口并没有贴纸，而且镜子中的也是自己，收音机里《真爱至上》的主题曲还在播放着，前车的堵塞早已疏通，鹅毛般的雪花一片片地落在车身上，后面的鸣笛还在继续着。这时有个声音重重敲了敲徐天耀的车窗。徐天耀有些受到惊吓地看了看车窗，车窗边一个手里摇着铜铃的圣诞老人正拿着一条橄榄枝在向徐天耀兜售。

"圣诞快乐！十元一枝，世界和平！"圣诞老人笑着说。

徐天耀缓了缓神，他脑子里嗡地一下回忆起了刚刚梦里的一切——老婆的绝望、女儿的失望、父亲的诀别、小赵的心酸，还有杰瑞的遭遇……一切的一切宛如深刻在自己记忆中般的清晰可见。徐天耀再次紧张地看了看自己的胸口和手表，他反复确认之后才意识到自己的确已经回到了现实。

"圣诞快乐！先生，这是为孤儿院筹款卖的！"车窗边的圣诞老人不停摇晃着手里的橄榄枝。徐天耀看了眼圣诞老人随后直接将自己的钱包整个拿起塞到了圣诞老人的手里。

徐天耀猛地将车在路中间违章掉头，在这个大雪纷飞的圣诞夜里他决定回家。

徐先生的五次人生

徐天耀一路狂奔，他至少闯了三个红灯违章了五次，但他管不了那些，他现在唯一要做的就是纠正自己的一切错误！

在家的楼下，徐天耀一个急刹将车停住，他几乎连车门都没关就冲向了电梯间。徐天耀感觉自己此刻心潮澎湃简直就是再活了一次！

最终，徐天耀回到了熟悉的门口，他深吸了口气，准备用指纹开锁，但开了半天都显示指纹识别错误。正当徐天耀感到纳闷之时，门竟然自己开了，但门口却出现了一个徐天耀根本就不认识的人。

"你找谁？"陌生人问。

徐天耀抬头看了看门牌号码，他本以为自己是因为太过激动而走错，但经过目测，就是这间没错！徐天耀心里一紧，他猛地一把推开陌生人进入了房间。

"大梅！楚楚！"徐天耀四处寻找着，但房间里却是一群开Party的陌生人。

"你干吗？"门口的陌生人追了进来，房间里的所有人都用一种奇怪的目光看着徐天耀。

"你们是什么人？大梅和徐楚楚呢？"徐天耀有些生气地质问。这时他才注意到这里虽然是家没错，但房间的一些细节已经发生了变化，墙上的照片没有了，女儿喜欢的一些软装也消失了，特别是客厅里大梅非常珍惜的那个盆景也没影了。

"对不起先生，请你出去！不然我报警了！"陌生人说。

"要报警的是我！"徐天耀冲着陌生人喊了一句，自己报了警。

十分钟不到，警察赶到了。

"你说什么？这不是我家？"徐天耀用一种不敢相信的目光注视着警察。

"徐先生，这里以前是你家，但现在已经不是你家了，你大圣诞节的不会拿我们警察开玩笑吧？"警察没好气地说。

"什么叫以前是我家？我现在住哪儿？"徐天耀反问。

"你是不是工作太累又或者嗑药了？"警察怀疑地说。

"你就是徐天耀先生？"刚刚那个陌生人和几个好友好奇地围了过来。

"你们怎么连原房东都不认识？"警察有些不高兴。

"不好意思，这房子我们也是找中介买的，以前的房东不是一女的吗？"陌生人问。

"什么女的？她是不是叫大梅？"徐天耀一把抓住了陌生人。

"没错，就是叫大梅，徐先生，您能不能给我们签个名？我们都是您的粉丝！刚刚没认出您，真是不好意思！"说话间陌生人和朋友

徐先生的五次人生

们纷纷拿出各种报刊杂志递到了徐天耀的面前。徐天耀放眼看去，这些报刊杂志上全是自己的照片。他抬手拿过一本看了看，上面斗大的标题"顶天金融新老板，全球首富徐天耀"！

徐天耀云里雾里，自己什么时候变成世界首富了？这时徐天耀猛然在客厅的茶几上发现了几副眼镜，这不就是贴纸游戏所用的眼镜吗？徐天耀快步过去拿起眼镜仔细观看，没错！这种该死的眼镜徐天耀实在太熟悉了！不过徐天耀注意到眼镜的边角上出现了2.0的字样。

"这是什么东西？"徐天耀手持眼镜大声地问。

"徐先生，您可真会开玩笑，这不就是您公司市值超过世界五百强总和的撒手锏吗？"陌生人笑着说。

"我问你这到底是个什么玩意儿？"徐天耀又问了一句。

"这是'贴纸游戏'2.0版的眼镜啊，现在地球上带气的几乎人手一副。"

"现在是几几年？"徐天耀感觉脑子乱成了糨糊。

"不是您公司吞并世界五百强之后将世界年号改成了20××年吗？"

"什么叫20××年？"

"您不是说在'贴纸游戏'的面前时间已经失去了意义吗？2019年之后您将所有的时间全都改成了20××。"

徐天耀感觉自己要死了，他忽然意识到了一个问题，这里既然不是自己家了，大梅和徐楚楚肯定在自己现在的家里。

"我现在住哪儿？"

徐天耀现在就住在上海第一高楼顶天世纪的顶上，顶天世纪高度超过了上海环球金融中心整整50米。徐天耀的家就在顶天世纪顶楼定制的那栋面积近一万平方米的别墅里。

徐天耀站在家里简直都不敢相信自己的眼睛，这里不但可以360度地环视整个上海滩，而且还是一座典型的中式带有亭台楼阁山水园林的古朴建筑。这已经不能用奢侈来形容了，上海要是哪户人家说自己家里有亭台楼阁你肯定会以为他喝醉了。如果他再说自己的家有山水园林，就算听他说话的人也会以为自己在梦里，更别说这整栋顶天世纪的外墙上四面都是徐天耀的巨幅肖像，这人自恋到什么程度才能做到？

"主人您回来了。"徐天耀一回头，看到了一个造型非常可爱，圆滚滚的机器人。

"大梅！楚楚！"徐天耀没理会机器人，自个往建筑群里跑着，没错,这里已经不能用房子来形容了,应该属于建筑群。

徐天耀花了近两个小时才跑遍所有的房间和角落,他的确在一些地方看到了一些大梅和女儿的照片。他也非常肯定这里的确就是现在的住处,但问题是老婆和女儿到底去哪儿了?

沿途机器人都跟在徐天耀的屁股后面几乎寸步不离。

"你到底是个什么玩意儿?"徐天耀停止脚步盯着机器人看。

"我是顶天2000型机器人,负责照顾主人的饮食起居。"

"活人呢?这里就没一个活人吗?"徐天耀正对着空旷的建筑群喊,机器人忽然冒了一句。

"主人想呼叫谁?"

"给我找个喘气的!"

机器人身体上的液晶屏忽然拨出了一个名为"赵欢"的视频电话。

赵欢不就是小赵吗?总算见到个真人了!

很快液晶屏上就出现了小赵的视频通话,画面上的小赵油头粉面一副暴发户的模样。

"老板,您呼我?"

"小赵,你在哪里?赶紧跟我过来!"徐天耀几乎话音未落就感觉到了头顶一股劲风袭来。徐天耀一抬头就看到了一架机身是自己头像的直升机。直升机很快放下了一条滑索，一个穿着非常浮夸西服套装的家伙顺着滑索快速来到了徐天耀的面前。徐天耀仔细看了看："小赵？"徐天耀眼前的小赵全身名牌，穿金戴银，满脸的势利。

"老板，您找我？"小赵满脸的假笑。

"你……"徐天耀看了看天空，直升机已经离开。

"我正好在巡视我们的公司，自从陆家嘴被我们公司买下之后只有直升机管用，走路太麻烦了。"

"陆家嘴被我们买了？"徐天耀张大着嘴巴。

"您下一部计划不是收购上海吗？"

"收购上海？"徐天耀用手接住了自己的下巴，他又上下打量了一番小赵，问，"你现在是？"

"我现在是顶天世纪的CEO啊，不是您把位子让给我的吗？"小赵不是太明白地问。这时小赵的手机响起，手腕上出现了一连串的全息图像。他在手腕上按了按，一个女孩的全息图像出现在了空中。

"赵总，海洋公园的位子订不到了，要到下周。"全息图像里的女孩说。

"你他妈还想不想干了？你知不知道全中国等着顶替你的人有多

少？这件事你要是搞不定就跟我滚回你的老家去！"小赵专横跋扈地冲着全息图像吼。

全息图像里的女孩沉默了一会儿，说："赵总，我妈刚刚查出了肺癌晚期，我可以请一个星期的假吗？"

"肺你妈个头！是公司的利益重要还是你妈重要？不想干就给老子滚球！"小赵很拽地挂上了电话，然后满脸堆笑地看向徐天耀。徐天耀感觉后脊背一阵发寒。

"对付这些家伙就得这样！要不是老板您教得好，我也不会有今天！"小赵很自豪地说。

"你……奶奶呢？"徐天耀好奇地问。

"那个老不死的去年不是死了吗？那天我在签署一个很重要的文件，也不知道她死哪去了，反正尸首没找到。"小赵就好像说着一件别人的事。

"奶奶不是你最亲近的人吗？"徐天耀几乎感觉到了背后的冷汗。

"最亲近的人有钱重要吗？钱才是一切！钱可以买到所有人对我的尊重！您说得没错，那个老不死的就是一负担！"

徐天耀注视着小赵，他感觉小赵就如同自己的一面镜子。

"你知道大梅和楚楚去哪儿了吗？"徐天耀抱着最后一丝的希望。

"她们不是去了美国吗？"

"美国？"

"您女儿高中一毕业就去了旧金山，您老婆应该也跟过去了吧。"

徐天耀一激动，抓住了小赵的领口。

"那我爹呢？"

"您爹不是前年摔死了吗，然后您把他的遗体还卖给了医疗研究机构，您不是还以此为范例教导我们所有的东西都要废物利用吗？"

徐天耀用几乎惊恐的双眼盯着小赵。

"你有我女儿的地址吗？"

徐天耀在陆家嘴竟然有个私人迷你机场，机场里停着5架徐天耀的私人飞机，每架飞机上都有徐天耀的巨型头像。徐天耀感觉这些头像简直就是对自己最大的讽刺，他在所有人恭敬的目光下踏上了上海飞往美国的航班。

"多久可以到旧金山？"徐天耀心急如焚地问机长。

"如果天气情况好，四十分钟左右就可以降落在旧金山国际机场。"机长如实地回答。

"多久？"徐天耀认为自己听错了，他认为上海飞美国怎么着也得十几二十个小时吧。

徐先生的五次人生

"这是最新型号的超音速飞机，四十分钟足够了。"

就在飞机的舱门快要合拢之前，一个穿着运动衣的大学生提着手提箱赶上了飞机，徐天耀怎么看这个人怎么眼熟。

"徐总，'贴纸游戏'3.0测试版已经完成，你要不要试试？"

一听声音，徐天耀一把将对方按到在了地上，这混蛋不是迈克陈是谁？

"迈克陈？"徐天耀涨红着眼睛问，他现在随时都可能把迈克陈给生吞了。

"徐总，你不是喜欢女人吗？"迈克陈好奇地问。

"你真的是迈克陈？"徐天耀变换姿势将迈克陈的领口抓起贴在了飞机的座椅上，这时飞机已经起飞。

"你告诉我，这是真实世界还是游戏？"徐天耀质问。

"你开什么玩笑？当然是真实世界！"

"但是你……你是老板还是我是老板？"

"当然你是老板。"

"怎么可能呢？'贴纸游戏'是你们公司的技术，怎么可能我是老板？"

"徐总，你记性怎么这么差？虽然技术上我是天才，但商业上你们才够狠,不到一年的时间就吞并了我们公司所有的股份,所以现在变成我给你打工了。"

徐天耀在脑子里急速运转着,他好像模糊记起了一些,但又好像怎么都想不起来了。

"徐总,你是不是有什么不称心如意的事?要不试试我刚刚升级成功的'贴纸游戏'3.0测试版?这个版本可以随心所欲地满足你各种愿望!只要进了这个游戏里面,你就是皇帝!"

"我他妈不要当皇帝!我要老婆孩子!"徐天耀情绪越来越激动。

"不是你要我开发的升级版吗?现在你已经通过'贴纸游戏'成为世界首富了,怎么还不开心?"迈克陈不明白地问。

"世界首富有个屁用!我他妈感觉就是不开心,我现在要看到我的老婆和女儿!"

"没事,我帮你虚拟一个,保准她们一切都按照你的意思来,你说什么她们做什么,包你满意!"

徐天耀对迈克陈的气已经不能用生气这个词来形容了,就算现在亲手掐死迈克陈徐天耀都感觉是便宜了他。这时徐天耀看到了一旁的逃生用降落伞,他气急败坏地将降落伞绑在了迈克陈的身上。

徐先生的五次人生

"你要干什么?"迈克陈眼睛都吓绿了。

徐天耀猛地一把按开舱门将迈克陈拖到了门边,一股子强烈的气流瞬间涌入机舱。徐天耀紧紧地抓住了一旁的扶手,朝外看了看,飞机由于飞得太快好像已经来到了大西洋的上空。

"你别冲动,我还是个孩子!"迈克陈脸都吓变形了!

"去你妈的'贴纸游戏'!"徐天耀一脚将迈克陈踢出了机舱外。迈克陈在空中尖叫着拉开了降落伞,随即迈克陈消失在了蔚蓝的太平洋上空。

机长说得没错,这架超音速飞机几乎突破了时间的限制,仅仅用了三十九分钟就顺利抵达了旧金山国际机场。徐天耀直接从机场改乘直升机直奔旧金山市区,有钱就是好办事,不到两个小时徐天耀就从上海陆家嘴来到了美国旧金山的黑特街。

黑特街全称黑特·阿什白瑞,这里是世界上最著名的嬉皮士文化发源地及嬉皮士聚集地。

徐天耀刚刚一下直升机就闻到了空气中弥漫的大麻味。黑特街是全美最崇尚自由、推崇回归自然生活、鄙视一切拜金主义和物质文化的地方,同时也是美国多元文化和一些另类音乐的标志性所在地。每年世界各地的游客都会络绎不绝、前赴后继地拥向这里,进行精神和文化上的朝拜。

一直以来徐天耀都认为自己是个对多元化非常包容的人，但一到黑特街，徐天耀才知道自己简直就是鼠目寸光，这里人的打扮要是搁上海大街上不像要饭的也像是疯子。

徐天耀多番询问，才在一家酒吧的隔壁找到了大梅和楚楚的住处。这是一处破旧得不成样子的美式房屋，房屋前的阶梯上几个嬉皮士正在用简单的乐器弹唱着。徐天耀刚刚准备开口询问就发现这几个人特别地眼熟，仔细辨认了一番之后他差点叫出声来。这几个典型嬉皮士打扮的人里竟然有徐楚楚的同学小丽和她们学校所谓的男神天佑。小丽和天佑留着卷卷的长发，顶着牛仔帽，穿着满是补丁的牛仔套装，戴着墨镜，全身挂着一些徐天耀叫不上名字的饰物，光着脚丫在唱着好像是《东方红》的变奏英文版。

"小……丽？"徐天耀尝试性地问了一句，然后小丽对着徐天耀摇了摇头，示意让她们把这首歌唱完。

徐天耀耐着性子等了一会儿，诡异版的《东方红》总算是唱完了，前面的吉他皮箱里也落下了一下游客的赏赐，小丽懒散地走到了徐天耀的面前。

"小丽，我是徐楚楚的爸爸！我们之前见过的！"徐天耀有些激动地说。

"楚楚的爸爸？"小丽上下打量了一番徐天耀。

"楚楚是住这里吗？"徐天耀追问。

"你不知道楚楚已经死了吗？"小丽吹着口里的泡泡糖说。

"什么？"徐天耀感觉脑子一蒙。

"这事都上了美国的新闻，中国女孩见义勇为被黑人哥们儿刺死了。"小丽解释。

徐天耀感觉到了一阵天旋地转，随后他就看到了一个全身嬉皮士打扮画着黑眼圈抱着黑人小宝宝的女孩怔怔地看着自己。

"徐天耀？"女孩对着徐天耀喊了一声，徐天耀感觉自己的脑袋有些死机。

"楚楚，你回来了？"小丽没事似的对着徐楚楚打招呼，然后对徐天耀说了句，"刚刚跟你开个玩笑，别介意。"她耸了耸肩膀。

"有你这么开玩笑的吗！"徐天耀感觉自己眼泪都出来了，他转头看向徐楚楚，我的天啊！这还是那个在自己眼里乖巧伶俐的女儿吗？

"楚楚，你赶紧跟我回家！还有你妈！"徐天耀一把抓住了徐楚楚的胳膊。徐楚楚挣扎了一下。这时一个黑人小伙子过来对着徐天耀就是一拳，徐天耀瞬间变熊猫眼。

徐楚楚见势不妙，一把拉开黑人小声嘀咕了几句，黑人脸上流露出了意外的表情。这时徐楚楚怀里的黑人小宝宝哭闹了起来，她摇了摇头就将小宝宝交到了刚刚袭击徐天耀的黑人哥们儿手里。黑人哥们儿抱着黑宝宝去到了一边。

徐天耀看了看女儿，又看了看黑宝宝和黑人哥们儿，感觉心里一沉。

"怎么回事这是？这个黑不溜秋的宝宝是谁家的？"徐天耀提心吊胆地问。

"谁家的都不关你的事，徐先生。"徐楚楚冷冷地说。

"什么徐先生？我是你爸！"

"几年前我们就断绝了父女关系，你不记得了吗？"徐楚楚反问。

徐天耀脑子里又是一阵混乱。

"楚楚，你瞎说什么？"

"我瞎说？你怎么有脸来旧金山找我的？当年我妈病危的时候我那样求你！你呢？为了几个破并购计划连妈最后一面都不见！"徐楚楚的话再次将徐天耀推向了深渊。

"你妈怎么了？"

"你还真有脸提这事？那时的电话录音我现在都还留着！"说话间徐楚楚打开了手机里的录音，录音里传来了徐楚楚哽咽的声音。

"呜呜……爸……妈快不行了，你在哪儿？"手机录音里徐楚楚的声音充满了无助。

"我现在在谈一个决定我生死的重要并购，晚点过去！"徐天耀的声音充满了冰冷。

"医生说妈随时都可能走……呜呜……"徐楚楚止不住地哭。

"让她再坚持一下，我晚上就过去！"

"但是妈有话想跟你说……呜呜……"

"我现在谈的是上千亿的并购案！懂事一点，你让医生用最好的药撑着，我尽快赶过去！"说完徐天耀挂上了电话。

徐天耀张大嘴巴看着徐楚楚的手机，一时之间惊讶到完全说不出话，不过这种事徐天耀相信自己做得出来。

"楚楚……"徐天耀抱了抱脑袋，"……我现在很乱，我……你能不能先跟我回去再说？"

"我和杰瑞的第二个孩子年底就出生了。"徐楚楚摸了摸肚子。

"杰瑞是谁？"徐天耀怎么听这名字都耳熟，这时不远处刚刚揍过徐天耀的那个黑人冲着他挥了挥手。

"他就是杰瑞,那是我们第一个孩子,叫安迪。"徐楚楚解释。

"你……你跟一个黑人结婚了?"徐天耀感觉万道霹雳飞到了自己身上。

"我们还没结婚,在美国不用结婚就可以生孩子,不过杰瑞现在爱上了小丽,他也可能和小丽结婚。天佑现在是我的候补,也许你会难以理解,不过这里的文化就是这样的。"徐楚楚非常无所谓地说。

徐天耀感觉自己又是一阵眩晕。

"你没结婚是好事!你回国找个像样点中国人结婚,我们家千亿的资产也好有个继承人。"

"对不起,我对你的钱不感兴趣,在这里就算我不工作生活也有保障,我上个月已经拿了绿卡。"

"你是中国人,拿绿卡干吗?我现在赚的钱还不够你花的吗!"徐天耀质问。

"哼……"徐楚楚鄙视地看了徐天耀一眼,"……你就算到了今天也是站在自己的角度思考问题,你什么时候才能真正学会顾及别人?对不起徐先生,希望你以后不要再来骚扰我,如果你再来,我会向法院申请禁止令。"说话间徐楚楚一甩手,进了住处,徐天耀站在门口完全不知进退。

徐先生的五次人生

徐天耀最终还是回到了上海,他依旧是世界首富,所有的媒体都在报道他的丰功伟绩。他依旧住在那个也许是整个中国最顶级的豪宅里。豪宅里永远只有一个无所不知的机器人陪着徐天耀。

后来徐天耀尝试过再去找徐楚楚,但徐楚楚已经卖掉了那个旧金山的家不知去了哪里。

时光匆匆,宛如流沙穿过指尖,徐天耀的财富一天一天地增长着,他拥有了除了家人之外自己梦想的一切,但他却感觉自己无时无刻不处在一个所有事情都没有任何意义的地狱之中。

利用最先进的科技和医疗设备徐天耀让自己活到了一百九十九岁,医生对他说每多花1亿就可以多活一年,但徐天耀觉得一切都已经没有意义。

小赵、迈克陈相继离世,就连身边的机器人也换了好几个型号,徐楚楚也应该早已去见了母亲,徐天耀感觉自己人生的一切只剩下了缺憾。

临死之前,徐天耀将自己的全部家产捐献给了第三方监管的慈善机构。弥留之际徐天耀对自己说,如果可以重来,我情愿放弃一切,永远守护在家人的身边。

生命的最后一刻,徐天耀躺在自己建筑群的房顶上,他看着满目的虚拟星空，早已分不清现实与梦境。徐天耀回忆起了很多事，与大梅，与女儿，与父亲，与小赵，甚至与杰瑞，自己有太多太多的对不起需要说。徐天耀终于感觉自己的视线渐渐地模糊，他知道自己的死讯将会是20××年最大的一个新闻……徐天耀缓缓闭上了眼睛，恍惚之间他听到了一阵急促的喇叭声。

余先生的
五次人生

11　真爱至上

徐天耀猛地从自己的车座椅上醒来，收音机里《真爱至上》的主题曲 *Christmas Is All Around* 还在继续着，车窗边一些路人还喊着圣诞快乐！后面催促的喇叭声还在继续着，前面的车流已经散开。徐天耀有些麻木地上下左右看了看，然后直接走下了汽车，他感受着周围的一切，雪花、冷风、圣诞的味道，这时后车一司机满脸怒火地跑到了徐天耀的面前吼。

"你有病啊？"

"现在是几几年几月几号？"徐天耀满怀期望地看着司机。

"你是不是嗑药了？"

徐天耀掏出自己的钱包一把放到了司机手里。

"告诉我几几年几月几号？"

"2019年12月25号。"

"哪年？"徐天耀差点吓得休克。

"2019年！满大街都贴着2019年圣诞节，你瞎了？"

徐天耀放眼看去，还真看到了好几个地方都贴着2019年和Merry Christmas的字样。

"'贴纸游戏'你听说过吗？"

"你到底在说什么？"

"我现在在哪里？"

"你在上海！"

"你抽我一耳光！"徐天耀的要求越来越奇葩。

"是你要我抽的啊！"司机早就想抽徐天耀了。

"赶紧抽！"

司机一耳光过去，徐天耀脸上感觉到了一阵火辣辣的刺痛，不过这让徐天耀异常兴奋！

徐天耀一把抱起司机，猛亲了几口，然后趴在地上不停亲吻着雪花。

"我终于回来了！我终于回来了！"

司机吓得一阵小跑，连钱包都扔地上了，散落的钱包里出现了徐天耀的全家福，照片上大梅、徐楚楚正围绕在徐天耀的左右幸福地微笑着。徐天耀快速捡起钱包上了车,他猛地将车在路中间违章掉头,在这个大雪纷飞的圣诞夜里徐天耀决定马上回家。

大梅对徐天耀几乎是绝望的,自从徐天耀当上了那个让自己和女儿都衣食无忧的CEO之后,对家人的感情好像一瞬间就淡了。大梅麻木地看着手里正在整理的衣物,一旁的徐楚楚早就非常不耐烦地交叉着双臂噘着嘴巴。

"妈,别等了,他什么时候顾过我们?"徐楚楚非常肯定地说。

大梅本想教育女儿几句,但女儿的话好似说得无懈可击,她看向客厅里满目的圣诞装饰,这些都是徐天耀出的钱,为的就是让家里看起来很有些圣诞的气氛。不过气氛终归只是气氛,就算气氛再浓也抵不过徐天耀和大梅初相识的那段时光。那时两人口袋里加起来也没有几十块钱,但却拥有着这世上最真挚的幸福。

就在大梅愣神回忆当初的时候,她忽然听到门口传来了熟悉的开门声。大梅转头看了看墙上的钟,这个时间徐天耀应该在机场才对,以他的性格怎么可能忽然回家?

徐楚楚也同样好奇地看向了门口,她不相信父亲会做出任何出乎自己所料的事。

徐天耀本没有直接回家,而是去了最近的超市买了三大袋多到自己几乎拿不动的食材，看他的样子好似想要将超市整个搬回家。

在徐天耀的记忆中，已不记得自己上一次买食材是什么时候了，好像还是女儿五岁生日的那天。那应该是自己最后一次下厨，所以徐天耀提着三大袋食材出现在大梅和徐楚楚面前时，她们的惊讶也是可想而知了。

徐天耀注视着老婆和女儿，不过很快他感觉自己几乎不敢多看，因为每看一眼徐天耀都感觉是种奢侈。

徐天耀低着头，默默地将几袋食材拿去了厨房。

大梅和徐楚楚相互看了看对方脸上的惊讶表情，随即快步跟去了厨房。

徐天耀一个人在厨房里处理着食材，大梅和徐楚楚在旁边心惊胆战地看了足足有五分钟才敢开口。

"天耀，你没事吧？"

徐天耀没出声，继续着手上的动作。

"妈，爸不会鬼上身了吧？"徐楚楚非常怀疑地说，因为眼前的父亲气场和之前简直判若两人。

"今天圣诞节，我想下厨给老婆庆祝生日。"徐天耀回避着老婆和女儿的眼神。

徐先生的五次人生

"哦，我明白了！"徐楚楚恍然大悟的样子，"他一定是做了什么亏心事，对不起妈妈的亏心事！"

大梅甚至有和女儿同样的怀疑，因为大梅总听姐妹们说只要男人做了亏心事回家都会对老婆特别好，徐天耀现在做的一切太可疑了！

徐天耀手上的动作忽然停了停，他抓着一棵大白菜认真地背对老婆女儿说。

"这些年辛苦你们了，大梅，我以后会想尽一切办法多陪你。"

大梅差点吓得早产。

"刚刚我还只是怀疑，现在肯定了，妈，现在离婚协议书可以在线打印。"徐楚楚非常肯定地说。

"还有楚楚，以前都是爸爸不对，爸爸向你道歉。"徐天耀一激动，手里的白菜被他分尸了。

"天耀，你可不要吓我们！"大梅用双手抱住了自己的肚子。

"妈，要不要报警？我感觉他是在威胁咱们！"徐楚楚往后退了一步，她用目光急速搜寻着厨房里刀枪剑戟的位置。

徐天耀将手里的白菜洗了洗，水龙头里的热水哗啦啦地坠落在徐天耀的双手上，他忽然停下了手里的动作，竟然开始止不住地哭泣，而且哭的声音还不小。最后徐天耀竟然完全不能自已，满脸泪水地蹲在了地上。

大梅和徐楚楚从未见过徐天耀这样哭过。大梅记得徐天耀上一次哭还是女儿出生的那天。

"呜呜……"徐天耀当真哭得像个孩子，"……我好害怕失去你们，失去这个家！呜呜……以前我只知道赚钱，以为钱可以解决一切问题，现在我才知道陪伴家人才是最重要的……呜呜……我知道错了，希望你们原谅我！我真的知道错了！"

徐天耀这么一哭，搞得大梅眼圈也是红红的。大梅抱着大肚子去到了徐天耀的面前，她重重地拍打了一下徐天耀的肩膀，掉着眼泪说："天耀，你老实告诉我们，到底做了什么对不起我们娘俩的事？"

"爸，我鄙视你！"徐楚楚为母亲感到委屈。

徐天耀猛地站起，一把抱住了大梅。

"呜呜……我对天发誓……呜呜……我绝对没有做过对不起你们的事……呜呜……我只是做了一个梦，我梦见自己永远失去了你们……呜呜……我不想梦里的事成真……"

大梅相信徐天耀的话，因为徐天耀虽然很多地方很不让人接受，但是原则问题上，他永远都会有底线。

"不就是一个梦吗？至于吗……"受到老公的感染大梅也开始不能自已。

一旁的徐楚楚看见父母都哭成这样了，自己也被吓哭。

"你们……不要吓我……"

"楚楚，你过来！呜呜……"徐天耀对着女儿招了招手。徐楚楚走了一小步就来到了父母的面前。徐天耀一把将女儿老婆拥在一起。

三个人圣诞夜这天哭了个痛快。

为老婆女儿使出浑身解数做了顿丰盛的圣诞餐，徐天耀自己一口未动，他只对老婆女儿说了句："你们先吃，现在我需要去纠正几个错误。"

说完徐天耀带着歉意的表情大步离开了家门。

"妈，爸不会圣诞节自杀吧？"

"放心，他没这个胆。"大梅看了眼满桌子老公亲手做的菜，又开始哭。

一个上海老街区的八楼，在这里徐卫国每两天才上下楼一次，每次上下楼徐卫国都感觉要了自己的老命。

虽然是圣诞夜，但徐卫国的住处却看不到一丝圣诞的气氛，冰冷的墙壁加上徐卫国老迈的身体，这里的一切都只能用"晚景凄凉"来形容。

徐卫国一个小时之前就感觉到了肚子饿了，他打开冰箱看了看，冰箱里的景象比外面还惨，空无一物。

如果忍一忍也许可以撑到明天的早上，每天早上六点弄堂里做油条和大饼的师傅就会出来，还有那些连夜磨制的豆浆，徐卫国想想这些，更饿了。

隐约间徐卫国好像听到了敲门声，之前徐卫国只听到过拆迁办拆门似的敲门声，但现在这种敲门声竟然透露着一股子谦虚，应该不是拆迁办的那帮人。徐卫国关上冰箱的门，迈着老迈的步伐走向了门边。

徐卫国很意外地在门口看到了徐天耀，徐卫国甚至都不记得上次见到儿子是什么时候。

"天耀？"徐卫国不是太肯定地问了一句，他甚至怀疑这是自己老眼昏花的错觉。

此刻徐天耀亲眼见到了这座破房子，才知道竟然和自己梦中的景象相差无几。这里冰冷得如同墓穴。徐天耀又看了看父亲的脸颊，他也不记得上次见到父亲到底是什么时候了，父亲竟然已经如此苍老。

刚刚徐天耀上楼的时候中间休息了两次，每次徐天耀都悔恨得想

徐先生的五次人生

抽自己的耳光。

徐天耀向父亲跪下的时候徐卫国完全措手不及。

"天耀，你干什么？"徐卫国想要扶起儿子，但徐天耀怎么也不起身。

"爸，之前是我对不起您！希望您能原谅我！"说话间徐天耀咚咚给父亲磕了几个响头。

"天耀，你没什么对不起我的！别胡说！"看着儿子徐卫国一阵心痛。

"之前是我不懂事，是我错怪了您！我就是个废物！是个畜生！"

"都是爸对不起你，哪有你对不起爸的！"徐卫国想要扶起徐天耀，但徐天耀依旧坚持不起身。

"爸，您要是不答应和我一起住！我死也不起来！"

"什么？"徐卫国满脸的意外。

"您一定要跟我和大梅，还有楚楚，还有马上出生的孩子一起住！"徐天耀满脸是泪地复述了一遍。

徐卫国感觉自己原本冰冷的身体已经渐渐地沸腾。和儿子一起住是徐卫国多年来的梦想，就是这个原本简单的梦想徐卫国甚至都感觉是种奢望。

"你不嫌爸爸给你们家添麻烦？"徐卫国不敢置信地问。

"爸，以前是儿子不懂事，现在我知道错了！能够孝敬您才是我这辈子最大的幸福！"徐天耀看着父亲，父亲的身影在泪花里渐渐模糊。

徐卫国鼻子一热，眼泪也下来了，他是真心的感动。他从来不相信这个世界上会有奇迹，但是现在，他相信了。

"好，好……"徐卫国擦了擦自己的老泪，"……只要有你这句话，爸爸死而无憾了！"

圣诞夜正是夜市抢生意的时候，虽然今夜的大雪让室外的温度降到了历史的冰点，但小赵却在奶奶的脸上看到了红润，那是一种辛勤劳动者才会拥有的红润。小赵和奶奶已经从晚上的七点多忙到了现在的十一点，满目的圣诞气氛让小赵觉得这样陪着奶奶过圣诞好像也很幸福。

小赵正在摊位上补着批发来的圣诞帽，他觉得自己的这个商业判断非常准确。同时小赵也思虑着如果今夜圣诞帽没有卖完，明天可能就会亏掉一部分，不过总体来说也是赚的，虽然赚得不多，但只要奶奶觉得满足，就已是最大的幸福。

"圣诞帽多少钱一顶？"

徐先生的五次人生

"标价打八折。"小赵几乎没有抬头,今晚他已经回答了无数次这个问题。

"可以全部要了吗?"

小赵抬头,吓得差点把货架挤倒,眼前问价的竟然是徐天耀。

"老大?"小赵脱口而出。

"以后不要叫我老大,叫我老徐就可以了。"徐天耀冲着小赵笑了笑。小赵感觉背后升起了一股子寒意,他不会要我现在去加班吧?这就是小赵的真实想法。

"欢欢,又卖了几个?"一旁小赵的奶奶缓缓地走了过来,她手上提着一个大大的补货袋子。小赵快速接过奶奶手里的袋子,他回头看了看徐天耀,他竟然还在,看来并不是自己的幻觉。

"奶奶,他是……"

"奶奶!我是小赵的同事,经常听小赵提起您,今天我刚好路过,这是我孝敬您的补品。"这时徐天耀的双手才抬起,他手上提着满满几袋子各种珍贵的补品。

小赵不敢相信地看着徐天耀,他完全猜不透这个恶魔上司到底想干什么!

小赵的奶奶也愣了愣,她以前几乎很少听小赵提起过徐天耀,不过她也知道小赵每次的晚归都是因为徐天耀。

"老大,我有什么不对的地方你直接跟我说,祸不及奶奶!"小赵挡在了奶奶的面前。

徐天耀微微点了点头,小赵现在有这样的反应他没感到奇怪。

"小赵,以前都是我不对,我在这里当着你奶奶的面正式向你道歉,以后你想要请假随时可以走,不用跟我说。"

小赵吓得额头差点冒冷汗。

"奶奶,小赵在公司工作很努力,公司CEO的位置早晚是他的,以前因为工作的关系给你们添麻烦了,对不起。"徐天耀竟然微微向奶奶鞠了一躬。

"不过我有件事想要征得你们的同意。"徐天耀又说了一句。

果不其然,现在这家伙要我加班都搞得这么高大上!小赵总算明白了徐天耀的用意。

"我以后有空能不能帮你们出摊?"徐天耀恭敬地问了一句。

"这怎么好意思?"奶奶从来就没有麻烦别人的习惯。

"是我不好意思才对!因为我一看到您就想起了自己的奶奶,以前我一直没机会孝敬奶奶,希望您能给我这个机会!"

徐天耀离开之后,小赵看着他送来的补品愣神了半天,要不是奶奶及时开声，小赵也不知道自己要神游到什么时候。

"你领导人还是挺好的。"奶奶慈祥地说。

小赵看着奶奶真的不知道如何回答。

"奶奶看得出来，他是个好人，你好好跟着他干，一定没错。"

小赵看了看奶奶，虽然奶奶没读过什么书，但却经历过近一个世纪的风云变幻，小赵相信奶奶看人一定没错。

狗狗杰瑞一直在宠物收养中心狭小的笼子里来回徘徊着。杰瑞并不知道外面到底是圣诞节还是春节，它只知道如果三天之内没有人收养自己，将会被按照规定处理。

"按照规定处理"是个多么有意思的词汇，有可能自己的小命就会不保。

四下看了看宠物仓库里的各种狗狗，杰瑞感觉自己不论是种类、毛发，还是可爱上都不是它们的对手。杰瑞听说自己斜对面有只哈士奇早上刚刚被处理了，杰瑞觉得自己生存的概率几乎为零。

杰瑞继续在笼子里徘徊着，看了看不远处墙上挂着的"圣诞快乐"又看了看眼前空无一物的餐盘，它终于在发出了一阵低沉的怨声之后，动也不动地趴在了地上。开始杰瑞的尾巴还摇晃几下，渐渐地，杰瑞身体的每个细节都陷入了沉寂，就好像它已经提前迎接到了死亡。

"这个人好像找了一晚上。"

"是浦东那边的收容所打的电话吗?"

"是的,上海每家宠物收容所他都找遍了。"

"就为了一条狗?"

"看他的样子好像那条狗就是他的命。"

不知道什么时候杰瑞被一阵喧嚣的人声吵醒,然后它就看到宠物仓库的灯亮了亮,杰瑞几乎连站起来的心思都没有。很快收养所的工作人员出现在了杰瑞的笼子前。

"杰瑞?是柴犬吗?"工作人员大声地问。

"是的!灰黄色的!胸前有一撮杂毛。"门外有人回答着。

工作人员又冲着杰瑞看了看。

"还真是柴犬,不说还以为是普通野狗。"说话间工作人员将杰瑞一把抱出。

杰瑞在工作人员的怀里四处乱看着,难道提前要对自己进行处理吗?杰瑞咕噜了两声,然后它就看到了一个微微有些熟悉的身影。杰瑞冲着那人身上闻了闻,没错!今儿上午就是他把自己扔到街上的!

"是这只吗？"工作人员问。

"对对对，就是这只！"徐天耀的眼圈都红了，他就好像找到了自己失散多年的兄弟。

"好的，在这里填一下表格，然后把证件给我们登记一下就可以领走了。"

半个小时之后，杰瑞坐在了徐天耀车的副驾驶位。徐天耀竟然还亲手给杰瑞系上了安全带。

"汪汪……汪汪汪……"

杰瑞的意思是：圣诞节晚上吃狗肉不好吧？

徐天耀冒着被咬的危险摸了摸杰瑞的脑袋。杰瑞感觉这个人的气味和早上比起来好像有了非常奇妙的变化。

"以后你就是我，我就是你，咱们就是兄弟了！"

"汪汪汪……汪汪……"杰瑞的叫声明显比刚刚缓和了不少。

"我懂，我都懂！以前是我不对！"

徐天耀眼角冒着热气看了看杰瑞。

"圣诞快乐！"

这时徐天耀的手机响了响，是老板的电话，老板在电话里几乎快被气疯。

"徐天耀,你怎么没去机场!"

"对不起老板,因为我忽然意识到很多事比赚钱重要。"

"这个世界上怎么可能有比赚钱重要的事?"

"圣诞节你和谁过?"

"当然是我自己了!"

"你在哪儿?我来接你。"

"你是不是疯了?"

"圣诞快乐,没人应该独自过圣诞节。"

"我看你真疯了!你不用干了!"

12 尾 声

一个月后,大梅的孩子顺利生产了,是个儿子,徐天耀高兴得当场就哭了。

徐天耀最终决定一家人搬去了一间小屋子,那是一间在房子任何角落说话别人都听得见的屋子,虽然很小,但却很温馨。

徐卫国的呼噜声让大家有些吃不消,好在徐楚楚及时发明了止呼器,事件才得以平息。徐天耀发现止呼器这玩意儿很有市场,所以他辞职并聘请了小赵做自己公司的CEO。徐天耀依旧朝着世界首富的小目标迈进着,只不过这次他决定带上家人。

徐天耀的老板陆沪生依旧坚持赚钱才是人生根本,其他一切都不重要的原则。第二年的圣诞节,为了公司的长期利益,陆沪生亲自去了虹桥机场拦截迈克陈。

"你听说过'贴纸游戏'吗?"

"不明白你的意思？"

"既然你这么想投资我的公司，至少该对我们的产品有所了解吧？"

"到底是什么东西？"

"就是这个。"

"这不就是一副普通眼镜吗？"

"要不你试试？"

"好啊！"陆沪生雀跃地戴上了眼镜……

后　记

其实一直以来都想写本"设身处地"的小说，不过同时一直以来我都认为其实没有人可以真正做到"设身处地"地思考问题。

人们常常挂在嘴边的所谓"换位思考"，其实一直都是思想性的一个东西，并不是"物理性"的换位思考。真正想要站在别人的角度考虑问题，理论上几乎是不可能的。

每个人从小到大都会和很多人发生矛盾和冲突。后来我发现，越是亲近的人竟然越容易发生摩擦和误解。每次我都会想，我又不是你，怎么可能站在你的角度思考问题？

现在回想起来，写这本小说应该是我长久以来埋在心底的一个小小心愿。我希望每个人都可以在这本书里找到自己所处的位置，同时也能清楚地了解别人所处位置的不易。

——徐　毅